悪役令嬢にオネエが転生したけど何も問題がない件

登場人物紹介
マリアンヌ
平民出身の聖女。
エリザベートに淑女としての心構えを
教えられるうちに友人になる。
天真爛漫で素直。
エリザベート
本作の主人公。
公爵令嬢に転生した元オネエ。
美の追求に余念がない。
悪役令嬢の役回りを全力でスルー中。
エドワード
エリザベートの暮らす国・
グランシュクリエ王国の王太子で
エリザベートの婚約者。
無礼者だったが改心中。

ジョセフ
画家を志すジェントリー階級の青年。
エリザベートに絵の腕前を
見出される。
ハミルトン
物腰柔らかな宰相の息子。
とある事件をきっかけに
エリザベートに信頼を置く。
ウィリアム・ダーシー
エリザベートに求愛する貴族青年。
陽気で親しみやすいが、
軽薄で大げさ。
ルバート
セルドン公爵の嫡男で、アーデン男爵。
線の細い美青年だが物憂げな表情を
見せるようになる。

人生に二度目があるなんて

「シャンパンは唯一美しく酔える」

ポンパドゥール侯爵夫人の言葉だっただろうか？

あの女の名言はたいていクソよ。

二丁目でドンペリ、モエドシャンドンを飲みまくった私は美しくどころか醜態を晒《さら》しながら、ふらふら歩き、そのままトラックに撥《は》ねられた。

一瞬の出来事だったわ。

言うなればシャンパン死というところかしら。

まぁ自業自得よね、自分が悪いんだから仕方ない、後悔なんかないわよ、やりたいように生きてきたんだから。

そう思い、私は意識を手放し天に召される（地獄なんかに落ちないわよ）はずだったのだ。

だから、目が覚めるという状況に、非常に困惑しております。

体はさして痛くない、なんか柔道で受身の練習したくらいの余韻だわ。私はゆっくりと目を開けた。

「目を覚まされましたぞ！」

渋いおっさんの声にびっくりして、目を見開くと美しい絹地に、細かな花刺繍がされた天蓋が目に入る。

私はベッドの中にいた。それも、旅行雑誌によくあるヨーロッパのホテルのスイートルームでしかお目にかからないようなお姫様ベッド。

薔薇《ばら》模様の刺繍が施された絹の羽布団が私を包み込んでいる、贅沢極まりないベッドに寝ている状態……

「私に何があったのでしょうか？」

ん？　私の声、なんか変じゃない？　酒焼けしていない、すんだ美しい声……。私はとりあえず事情を知りたくて恐る恐るそばにいた外国人に尋ねた。

聴診器や薬瓶をもっておろおろしている医師らしいその人の顔を見るが、ヨーロッパ人!!　周りはみんなヨーロッパ人。

やだわ、日本語通じるかしら？　理由はわからないけど、どこかヨーロッパ系の大使館に運ばれたの？　なら思ったより軽傷だったのかも。

「お嬢様は修道院の帰りに馬車の事故にあわれて、意識がなかったのですよ」

「まぁ、そうなの……ん？　修道院？　お嬢様？」

いや、今日は髭《ひげ》剃ってないから、どうみてもお嬢様顔ではないはず。それに修道院？　体を起こして顔をあげると視界に自分の髪が現れた。

そう、太陽の光と見間違えるような美しい黄金色の長い巻き髪が……

「……鏡はあるかしら？」

「はい、こちらを」

医師らしき人が手鏡を差し出したので、私は奪い取るようにして手鏡を覗き込んだ。

そこには金色の美しい髪に薔薇《ばら》色の唇、青と紫の間のような美しい瞳を持つ絶世の美女が映っている。

少なくとも三十三歳の小太り短髪髭《ひげ》オネエではない。

「え！　え!!　なんで！」

「落ち着いてください」

「あんた！　落ち着けるわけないでしょう！」

いやいや、誰でも小太り髭《ひげ》オネエがブロンドの美女になっていたら驚くにきまってるじゃない。

夢なんだろうか？　なんで？　なんで？　なんで？

「お嬢様、失礼致しました。まだ意識を戻されてすぐでしたのに、配慮が足りませんでした。私達は退室致しますので、ゆっくりとお休みください」

そう医師は言ってみんなを促して出て行った。

が、状況はつかめない。

なぜか自分が絶世のブロンド美女になっていて、プリンセスみたいに扱われているなんて……

「はっ！」

大切なことに気づいて私は布団をめくりあげて確かめる。

「チ○コないじゃん！！！！！」

見覚えのないものしか見えない……

「一体どういうこと⁉」

私の叫びは虚しく、華やかな部屋の壁に吸収された。


まぁ、当たり前だけど、叫んだところで何も変わらないわけよ。

それから少しして、私はふかふかな布団の中で微睡んでいた。

きっと今は夢の中で、目覚めたら無機質な病院にいるのだろう。誰かが一一九番してくれて、救急搬送されて、私は助かったのね。

けれど、そう思ってしばらく寝ていたのに、目覚めても変わらず贅沢な天蓋付きのベッドの中だった。

仕方なく、私はベッドから出て、鏡を見つめる。そこに映るのは誰が見ても美女としか言えない、美貌の十六、十七歳くらいの若い乙女。

「やっぱり肌の美しさが違うわね……」

私は頬をパンパンと叩いてみる。きちんと痛いわ、嫌だわ、馬鹿みたいね。

ドッキリかしらと思ったけど、いくらなんでもいきなりこんなにウエストを細くするなんて無理だし、知らないうちに整形手術したって、残念ながらこんな顔にはならないわ……

何が起きたのかまったくわからないけど、酔っ払って車に轢《ひ》かれたら絶世の美女になっているなんて。誰がそんなこと信じられるかしら？　少なくとも私は信じられないわ。

でも、私が信じようが信じまいが今そうなっている以上は受けいれるしかないわよね。

とりあえず私が誰で、どこにいるのか調べないといけないわ。

ベッドサイドテーブルに呼び鈴が置いてあるのに気づいて、私は鳴らしてみた。

チリリンと美しい音色が響く、なんとなくアルプスを思い出してしまうわ……牛とかヤギが来たらどうしようかしら？

「お嬢様、お呼びでしょうか」

ちゃんと召使いが来てくれて良かったわ。

「悪いけどお医者様を呼んでくださるかしら？」

「かしこまりました」

そう言って召使いが下がり、数分もしないうちに医師らしいダンディなおじさまがやってきた。

「先ほどは取り乱して失礼致しました、私はいったい何者なのでしょうか」

「……とても難しい質問ですな、何から話しましょう」

医師はそう言うと、顎髭《あごひげ》を触りながら悩んでいるように見える。

「あなたさまはロートリング公爵家の御長女、マリー・エリザベート・ローズ・アントワネット・ドゥ・ロートリング様です」

「え？……何ですって？　マリーエリザベート……長すぎるわ名前が！」

「修道院長との慈善事業についてのご会談に行かれており、こちらへ帰られる道の途中、目の前に突然現れた子供を轢《ひ》かないように避けたため、馬車が横転することになったのです」

「だから少し頭が痛いのかしら。まあ痛みは大したことないけど記憶がありませんの。それが問題ですわ。とりあえずお聞きしたいのですが、ここは何という国なんでしょう？　フランス？　オーストリア？」

するると医師はキョトンとした顔で私を見つめている。

「フ……ランス？　……聞いたことがない国ですな」

聞いたことがない？　フランス。もしくは近い発音じゃないかしら。

それなのになんで知らないの？　フランスは他の言語でもフランス。馬鹿なのかしら？

「ここはグランシュクリエ王国の首都、パギですよ」

医師は真面目な顔で言い放った。

グランシュクリエなんて知らないわ、響き的にはフランス語だわ、甘そうな名前ね。

「どの辺にある国なのかしら、地図はない？」

すると医師は壁に飾られていた地図を指差した。

見てみるけどなんかよくわからないわ、少なくとも私が知ってるのと違う。

アメリカ大陸もあるし、日本っぽい島国もあるけれど名前が全然違う……。

「わけがわからないわ……」

私がいるのはもしかして現実世界ではない架空の世界なんじゃないかしら？

名前や国名はフランス語風だわ、とりあえずフランス語を話してみて、通じたらフランス語通じる国だし、通じなければ今、日本語で話していることから推測して架空の世界にいるってわかるからとりあえず試してみましょう。

「Où est ma chatte?（私の猫はどこですか？）」

フランス語で医師に話しかけてみたけど、ぽかんとした顔で私を見ている。

「……？　……なんでしょうか？」

「なんでもないわ」

当たり前よね、フランスなんてないんだものフランス語がわかるわけないわ。

イギリスやフランスがない世界だなんて。

つまり、車に轢《ひ》かれる前の私がいた世界とは違う、漫画や小説、映画なんかの世界なんじゃないかしら？

平たく言って架空の世界。

で、医師の言葉によると私は公爵夫人だか令嬢なのよね。

よくわからないけど神様が与えてくれたチャンスってことよね？　セカンドライフ的な。

しかも、現世より遥かに恵まれてるわ！　明らかに裕福そうな地位ある公爵家の人間で、かつ、この美貌！

私の魂にまさにふさわしいと思わない？

なら、うだうだ悩むよりもこの素晴らしい状況を楽しむべきよね！

何をどうしたらいいかわからないけど、権力ある公爵家で財産があるとしたら、なんだって思いのままじゃない。

いっそのこと、あらゆるゴリマッチョイケメンを侍《はべ》らせるハーレムを作ろうかしら！

そうと決まれば、都合が悪いところは事故の後遺症ということにしてやりすごして、お嬢様らしく振る舞えばいいのよ、得意分野じゃないの、だって前の私ったら大学で西洋文化史を教えてたんですもん。

「ありがとうございます、お医者様」

「やはり事故の後遺症で混乱なさっているようです。今はゆっくりとおやすみくださいませ」

医師はそういうと部屋から下がった。

私は呼び鈴を鳴らして侍女達を呼んだ。そして事故の後遺症で記憶が曖昧《あいまい》だということを伝えて、情報収集をする。

例えばこの国には絶対王政が敷かれていることや、美しく聡明な国王と王妃、三人の王子達がいること。

あやふやな多神教が国教だけど、聖職者の権威は強くないみたい。

部屋に置いてあった聖書みたいな本を読んだけど、ギリシャ神話みたいな多神教の話がつらつら書いてあったわ。

そして長い間戦争はなく、比較的安定した社会が続いているようだ。

で。私について改めて侍女達に聞いたら、ロートリング公爵家の令嬢だっていうじゃない。

マリー・エリザベート・ローズ・アントワネット・ドゥ・ロートリングという長い長い名前の公爵令嬢。

国内でも王家と並ぶ力のある貴族で、それゆえに王子の一人と婚約しているらしい。

まあまあすごい話よね、三十代のおっさんだった私が王子様と婚約なんて考えられる？


「エリザベート、お加減はいかがですか」

そんなふうに考えている時にやってきたのが、まさに私の婚約者。第一王位継承権を持つエドワード王子。

光り輝くようなブロンドにギリシャ彫刻のような彫りの深い美しい顔。

女の子なら喜ぶであろう夢の王子様らしい人物。

ええ、まったくタイプ外。

いや女子ならきっと好きなタイプよ？

でも私はやっぱりもっと男くさい、ガチムチとかゴリマッチョが好きなわけ。

だから鑑賞には良いけど、好きにはならないわね。

「エドワード殿下、このような場所にお忙しい中お越しいただき、ありがとう存じます」

王子様が見舞いにきたから、ベッドの上でだけれど、療養中の私もご挨拶をすることになった。

けど、普通は事前通達を出すわよね？　王室メンバーがくるなら。

まぁ王子様って、なんて不作法なのかしら。

「いや、婚約者を訪ねるのは重要なことですから」

「殿下のお優しい心に感謝致します」

「…………」

「…………」

話すことがなくて、無言の時間が流れる。

いやいや、何を話せというのよ？

見も知らぬ王子様と話したことある？　私は今、話してるけど。でも話のネタはないわよ、共通の話題なんてあるかしら？　私の大好物のイカの塩辛なんかぜったい食べなさそうだし。

「殿下、差し出がましいことではありますが、今の私は記憶が曖昧《あいまい》です。体調こそ改善してはおりますが、婚約を一度、考え直された方がよろしいかと存じ申し上げます」

王子様には悪いけど婚約破棄しないと。

だって、よくわからない世界で王子の婚約者になるなんてめんどくさいし、素敵なゴリマッチョに出会った時のためにも、泥沼みたいな関係は嫌だわ。

他人がそうなってるのをみるのは楽しいんだけど、自分がそんな目に合うのは嫌。

そう、私はこんなふうに自分勝手でわがままなの。

そんなことを考えて、ふと王子の顔を見てみたら、王子はさっきまでのお面みたいな作り笑顔ではなく、驚いた顔をして私を見つめていた。

そのまま王子が何にも言わないから、私は念には念をいれて話し出した。

「国外からどなたか良い姫君をもらわれた方が国益にもなるかと」

「え？　あ？」

そんなキョドる内容？

あーた！　人の話きいてるのかしら！　と、突っ込みたくなるわ。

普通、王族の結婚は国内よりも他国との結びつきを重要視していたから、国内貴族と結婚するのは結構レアなケースなのよね。

「国は安定していますが、和平を長く保つには周辺国との婚姻による同盟が有効です。国民もそれを知っていますから、強く反対はされないでしょう」

「君は、私と結婚したくないのか？」

「個人的な感情は不要です。今の私と結婚しても、国にとって利益はありません」

「エリザベート。君、どうしたんだ？　まるで別人と話してるようだ、いつもならドレスや噂話くらいしかしなかったじゃないか」

「……頭をうってからすっかり考えや気持ちが変わったのです」

というか完全に別人なんだけどね。

「そうか……」

エドワード殿下は少し思案顔になる。

「君の言う通りにしようにも諸外国には適切な姫君がいない。ホーランド王国の王女は病弱でこの国に来ることすら難しいし、フロイセン王国の王女はまだ二歳だ」

「あらまあそうでしたのね、ほかにいませんの？」

「私は君に好かれていると思っていたのだが……」

「私には荷が重いかもしれないと考えるようになったのです。王太子の妻になる器ではないと」

「……私も以前はそう考えていた」

エドワード殿下はそう言うと顔をあげて、真面目な顔で見つめてきた。

「しかし今、君と話して、考えが変わった」

「え？」

「政治について話せるとは知らなかった」

「他の方もそうでしょう？」

私なんてこの世界のこと、今日産まれた赤子並みに何も知らないのよ？　比喩じゃなくてね？

ほんの少しの会話でそんなふうに思うなんて、この人馬鹿なんじゃないかしら？

「とにかく、婚約は解消しない」

エドワード殿下はそう言うと、私の手に口づけして去っていった。

思ったよりも平和ボケしてる国なのだろうか？　もっと情報がないと何もわからないじゃない。

（そうだわ！）

思い至って、私は呼び鈴を鳴らした。

「お嬢様、お呼びでしょうか」

侍女が数名、すぐにやってきた。皆さん有能だわ。

「新聞を持ってきてくださる？　平民から貴族が読むものまで、とにかく全社分」

三十分も経たないうちに国中の新聞が部屋に集められてきた。

真面目な政治新聞から卑猥なエロ新聞までまぁ色々ありますこと。

とりあえず、すべて読みましょう……

幸運なことにこの国の文字や言語は日本語。

私の推測が正しいなら、ここは日本で制作された、あるいは翻訳されている小説や漫画、ゲームの世界なのかもしれない。

なぜなら新聞は十五種類もあったけど、その中身は無いに等しかった。

国民は不平もなく暮らし、貴族も政権争いらしいこともせず、文化水準は十九世紀のヨーロッパくらい、科学も同じくらいで止まっている。地図や地球儀もあり、地形もほとんど似ていて日本みたいな島国もあった、私がいるところは現実世界でいうフランスあたりだ。

そんなわけですべてが作り物の舞台のように不自然だ。

とりあえず状況を整理すると、おとぎ話みたいな平和な世界になぜか転生していて、名前がクソ長い上に、身分が高く、裕福で美女というチート級の公爵令嬢になっている。

世界観がしっかり作られていないことが幸いしてか、政治的な混乱は無に近く、絶対王政が敷かれているが不平は出ていない。

農業、工業、鉱業などバランスのよい国内環境、数年間戦争もなく平和な国。

そして私は、その王家の長男であるエドワード王子という金髪青い目のイケメンと婚約が結ばれている。

とりあえず状況はわかったわ、でもそれだけ。

私は再び呼び鈴を鳴らした。

「お嬢様、お呼びでしょうか」

やってきた侍女は速やかにお辞儀をする。

「お風呂の支度と、化粧品を見直したいから明日にでも商人を呼んでくださらない？　今までの方じゃなくてもいいから、評判のよい優秀な人にしてね」

「かしこまりました」

「あ、お風呂は水ではなくロバのミルクにしてちょうだい」

「ロ……ロバ!?」

侍女は困惑している。あら、そんなに手に入りにくいのかしら？

「手に入らないなら牛乳で良いわ」

「かしこまりました……。至急ご用意致します」

侍女は慌てて出て行ったようだ。

ヨーロッパ系の世界なら硬水の可能性が高いから、肌荒れを避けるためにはミルクがよいだろうと思ったのよね。とくにロバのミルクはクレオパトラやポッペア、タリアン夫人などの歴史に名を残す美女達も実践してたから間違いないでしょ。

準備ができるまで、鏡に映る自分をゆっくり見ながらどんなドレスを買うのか考えようと思っていたら、侍女がお風呂の準備が出来たと告げに来た。早いわね。

やはりロバのミルクを使うという概念がないらしく、牛乳を温めたものがバスタブに入っていて、別の容器に身体を洗う用らしいお湯が用意されていた。

服を脱がされてバスタブに浸かり、海綿スポンジと石鹸《せっけん》で自分で身体を洗った。

シャンプーがないから、髪はお湯で洗うだけ。髪をミルクで洗うのは臭くなりそうだしね。

でも髪を洗うことに関しては改良する必要があるわね。

とりあえず湯浴みをしてさっぱりして、またフリルと造花だらけの、舞踏会にでも行くかのような華やかな部屋着に着替えると、ふと気になって大人が七人くらい入りそうな大きなクローゼットを開けた。

クリノリンというスカートの骨組みになる丸い輪っかが真っ先に見えた。クリノリンスタイルのドレスが流行したのは十九世紀頃のヨーロッパ。やっぱり十九世紀頃がこの世界のモデルなのかしら。

これも設定が甘いせいか、公爵家のクローゼットなのによくわからない収納をしているせいで、ドレスのデザインが中途半端にしかわからない。けれど、色使いとゴテゴテ度が酷いからすべて作り直させないといけないわね。酷いセンス。

何着か取り出してみると、面白いことに真新しい十八世紀のローブ・ア・ラ・フランセーズやシュミーズドレスなど、明らかに時代が異なるドレスが出てきて苦笑してしまったわ。

やっぱりあまり時代考証していない作品の世界にいるんだわ。

まさかと思い、下着がないか探してみると引き出しに収納されているのを見つけてドロワーズを広げてみた。

ああ、ドロワーズってアンクルパンツみたいなものでパンティがなかったからこれを穿いていたのよ。

「あらま、こんなとこは歴史に忠実なのね」

ドロワーズの股のところは縫われておらず開いていた。

どういうことかというと、ドレスを着た状態でトイレを済ませることができるようになっているの。

いちいち脱げないでしょ？こういうドレス着ていたら。

これじゃトイレも砂かけトイレかもしれないわ。

そんなことを考えていたら侍女達がやってきて、私はあっというまに侍女達にネグリジェに着替えさせられてベッドの中へ。

そのままぐっすり寝て、朝が来てベッドでまずいオートミールを食べて、ドレスに着替えさせられて髪を結ってもらう。

侍女達は手慣れたもので機械式人形みたいにテキパキ動いている。

どこかにゼンマイがついているんじゃないかしら？

そんなことを考えていると化粧品店の商人がやってきたと知らせが入る。私は部屋に通すように命令した。
これがまさか騒動の始まりになるなんて、私、この時は少しも思わなかったの。

美しさの相談役

「あなたが化粧品屋さんね？」

目の前の若い礼儀正しい爽やかな美青年。

アナウンサーにいそうなイケメン君は十九世紀よりは少し古い、ルイ十五世時代の服装で現れ、様々な化粧品を詰め込んだ荷物を持ってきていた。

時代考証をまともにしていない作品なのね。英語とフランス語名がごちゃ混ぜだったり、いろんな時代の服装が出てきたりと、まあ、あきれてしまうわ。

しかし、いただけないのはその白粉だらけ頬紅だらけのお顔。

素が良いのがわかる分、すぐに洗い流してやりたいところだけど、そんなことしたら大騒ぎになるからしないわ、もっと上品な方法でなんとかしてあげないと。

「はい、ルイ・ファルジと申します」

「ご挨拶ありがとう。さぁ本題に入りましょう、あなたの商品を見せてくださいな」

様々な商品があるけれど、やはり科学水準が現代と同じではないため、謎なものが多かった。

「これはローズウォーターね？」

「はい、その通りです」

「これはローズマリーとベルガモットとミントか何かを漬けたオイルかしら？」

「その通りです、鼻が良くていらっしゃいますね」

「オイルもいいけどアルコールに漬けた方がいい気もするわウルソール酸が抽出しやすいはずよ」

「ウルソール酸？」

ルイ・ファルジは白粉が崩れ落ちてきそうな顔で聞き返してきた。

「ローズマリーに含まれる成分よ、肌のハリを出してシワを目立たなくする効果があると言われているのよ」

「そうなんですか」

「これは何かしら？」

私は獣臭さと花のにおいが入り交じったクリーム状のものを指さした。

「これはポマードで薔薇《ばら》やカーネーション、黄水仙の香りをつけています」

つまりベースは鯨油か熊油ね、道理で違和感がある匂いなわけだわ。

はっきりいってあまり期待できるものはないけど収穫があったわ。

今の会話からハーブや花はこの世界でも同じものだとわかった。

少しだけ安心したわ、植物の名前が同じなら苦労することは減りそう。

問題は私が使う化粧品と、この坊やの化粧よね……

「残念ながら納得がいくのはシンプルなローズウォーターくらいしかないわね……」

「えっ！」

イケメン君は呆気にとられたような顔をする。

「例えばあなたが塗りたくっているこの白粉は鉛白《えんぱく》よね？」

「はい」

「有毒で肌にダメージを与えるだけじゃなく、死ぬ可能性があるのもご存知なのかしら？」

「そんな……」

「知らなかったのね」

「……はい」

可哀想にうなだれて、雨に濡れた子犬みたいだわ。いえ、化粧のせいで今はちゃぶ台から転げ落ちた粉まみれの大福ってとこかしら。

このままにしておくと、さすがに可哀想ね。

「あなた、私が今から言うものを持ってきてくれないかしら？」

私の知識ではセラミドとかは作り出せないけれど、アロマセラピー的な手作りコスメならなんとかわかる。頭にあったレシピや素材を話して、作ってもらうことにしたの。

ルイ・ファルジはすぐに集めると言い立ち去って二時間もしないうちに材料や道具を持って戻ってきた。

私達は階下にあるキッチンそばの空き部屋で行うことにした。

良識があれば階下に令嬢がいくなんてありえないけど、水や火を使うから仕方ないわ。

厨房に入らないだけましでしょう。

うれしい発見もあって、氷があるのよ。近くの山から持ってくるらしいわ。

その氷をつかった冷蔵庫みたいなものまであるの。

でも飲み物を冷やしたり貯蔵はするのにアイスクリームがないのよ。信じられないわ。今度作ってみようかしら。

まあ、そんなわけでみんながバタバタしながら準備完了。

私？　指示するだけよ、公爵令嬢ですから。

「そうね、最初は簡単なものから作っていきましょう」

私は白百合の花のおしべとめしべをブチブチ引きちぎると煮沸消毒した大きめの蓋《ふた》付きガラス瓶に入れていく、満杯になったら間を埋めるようにアーモンドオイルを注いでいく。

「これは何を？」

ルイ・ファルジは不思議そうな顔で見ている、化粧を落としてきたその顔はとてもかっこかわいい顔だったが鉛白《えんぱく》のせいか荒れているようだ。

「白百合のオイルを作っているの。荒れた肌にいいと言われているのよ。時間がかかるからこれは三週間後に濾《こ》して使いなさいね。それまでは何もしてないオリーブオイルかアーモンドオイルをつけておきなさい」

「はい」

ルイ・ファルジはインク壺をひっくり返さないように注意し、メモをとりながら笑顔でうなずいた。

「次はフェイスクリームね」

私は微笑みながらローズウォーター、アーモンドオイル、ミツロウ、スミレの精油を並べた。

ミツロウを湯煎して溶かして、アーモンドオイルとローズウォーターを入れてよく攪拌《かくはん》する。

完全に冷める前にスミレの精油を加えたらできあがり。

「ほら、完璧じゃないかしら？」

私は丁寧にクリームを陶器の容器に移しながら微笑んだ。

自分の手の甲に塗ってみたけど、べたつきはなく、いい感じに保湿してくれる。

なによりスミレの香りが上品でいいわね。

「化粧水は蒸留器を使いたいけども持ってこられないわよね、大きいから。だから今は鍋で作るから、覚えて帰ってちょうだい」

私はそう言うと鍋と蓋《ふた》を持ってきて並べられた材料の中から花々を選んだ。

「白百合は少しにして、メインは薔薇《ばら》にしましょう」

鍋の真ん中に小さな木の板を入れてその上に陶器の容器を置いた。

その周りを埋め尽くすように花々を入れていき、水を少し加える。

そうしたら鍋の蓋《ふた》を逆さまにして上に氷をのせると、暖炉の火にかけていく。

「良い香りがしてきたわね」

私は鍋の様子を見ながらルイ・ファルジに話しかけた。

「……は……い……」

ルイ・ファルジは返事をしながら今にも死にそうなほど苦労している様子で、真珠の粒を砕いて挽いて粉にしている。

「私のは真珠だけを使ってね。そのほかの人達にはよく焼いた焦げていない貝の殻を細かく粉にしたものとかで代用してもいいと思うわ。米を粉にして使うのも安全だから上手く組み合わせてみて」

返事は期待できなさそうなので私は鍋を眺めながら終わるのを待った。

「さあどうかしら？」

一時間くらいして、鍋を開けると陶器の容器にお水が溜まっていた。

これがフラワーウォーター、化粧水だ。

「完成ですか？」

「いいえ、最後のひとさじよ」

私はそう言うと蜂蜜を小さじ一ほど加えて攪拌《かくはん》した。

「蜂蜜には保水効果があるから肌にも良いのよ」

そうして私は完成した化粧水を瓶に詰め替えて、ルイ・ファルジの質問に答えながらレシピや改良案を伝える。すべてを終えると後日また持ってくるように言い、帰した。

私は部屋に戻るとクローゼットから少しはマシなドレスを六着出すと、侍女達を呼んだ。

なにか怒られるのかとみんなビクビクした面持ちで頭を下げている。

やだわ、私がいじめっ子みたいじゃないの、悪役令嬢でもないのに。

「新しいドレスを作るにも時間がかかるでしょ？　だから、このドレスのいらない飾りを取ってしまいたいのよ、そしたら少しは品がよくなると思うの」

私はドレスについている悪趣味な造花を扇でさして言った。

侍女達は、え、そんなこと？　って言いたそうなくらい拍子抜けした顔をすると、すぐさま手直し作業に入った。

これで新しいドレスが出来るまでは、なんとかなるかしらね。

実際、飾りを取るだけなので一時間もしないうちに終わってしまった。

「服の商人はまだかしら？」

「ベルタン嬢でしたら、まもなくいらっしゃいます」

侍女の一人が元気よくそう言うので思わず笑ってしまった。

「元気が良いのはいいことよ、ついたらすぐに通してくださる？」

ドレスもまともなデザインで作らせないと外へ出て歩けないわ。

私は手直しが終わった中でも一番上品な藤色のドレスに着替えさせてもらった。

鏡に映る姿を見て私はほっとした。

下品なリボンや薔薇《ばら》の造花を取り払って、フリルだけになったドレスはシンプルだからこそ私の華やかな美貌にマッチしている。

「とてもお美しくていらっしゃいますわ」

侍女の一人は呆然としてそう言うと、固まったように動かなくなった。

「あなた、大丈夫？」

「はっ！　申し訳ございません、あまりの美しさに気を失っておりました」

侍女の発言に私は満足して優しく微笑んだ。

ドアを叩く音がしてどうぞと促すと、「ベルタン嬢が到着しました」という声がしたので部屋に通すように言いつけた。

「お初にお目にかかります、ローヌ・ベルタンと申します」

現れたベルタン嬢はけして造形が美しい人ではなかったけれども、自分をよく知っている人に見受けられる魅力がファッションで表現されている。

「来てくださってうれしいわ。あなたは腕が良いと聞いています。とりあえずあなたの能力を測るのにデイドレスと夜会用のドレスの二着をお願いするわ」

ベルタン嬢は静かに私の言葉を聞いて、ゆっくりと顔を上げた。

「かしこまりました。実はいくつかデザインを用意してきましたので、生地見本帳と合わせて見ていただければと思います」

そう言うと、大きなスケッチブックと生地見本帳を取り出して広げてみせた。

確かに奇をてらうようなデザインではないけれど、上品で優雅なものが多い。

「ベルタン嬢、このドレスはデザインは素敵だけど色合いがよくないわね。そうね、こういう茶色の生地にした方がいいんじゃないかしら」

「お嬢様、名案ですが、この色合いは華やかさに欠けるので、若い娘さん方はあまり身につけません」

ベルタン嬢はとんでもないというように私を説得しようとしている。

「だからこそよ。私の華やかな顔で華やかなドレスにしたらびっくり箱をひっくり返したみたいにうるさくて、くどくなるに決まってるわ。だから日常の服はシンプルでいいのよ。さあ他にも見せてね」

私はそう微笑むと、デザインと生地を決めて注文した。

さて、翌日にはファルジがやってきて、頼んだ美容クリームやおしろいなどの化粧品を仕上げてきた。仕事が出来る男は違うわね。

今日はロイヤルブルーのデイドレスにレースの付け襟をしてカメオのブローチをつけただけのシンプルな服装にしたのだけど、私のブロンドに似合うようでファルジはうっとり私を眺めている。

誰かにここまで見惚れられるのは前世にはなかった幸福ね。

もちろんここに来る前の、ひげ面おっさんだった時にも、モテてはいたけどここまではいかなかったなぁ。

恋する乙女のようにぼーっと私を見つめていたファルジもさすがに不躾だと気づいたようで、失礼を謝り、品物を次々と出していった。

「いかがでしょうか?」

「よく出来てるわ。蜜蝋《みつろう》の量がちょうど良くてテクスチャーもとてもなめらかだし、ローズウォーターにアーモンドオイルだからしっかり保湿もできていい感じよ」

「良かったです」

「パウダーもいい感じだわ。真珠を砕いて、粉をここまで細かくするのは大変でしたでしょう。ありがとう」

「いえ、お嬢様のためですから」

「そうだわ、あなた、これを自分で他の人にも高い値段で売ったらいいのよ」

私はそう言いながら、出来上がった素晴らしいスキンケア商品を眺めて微笑んだ。スキンケアが上手くいったのだから次は……

「あっ、次は髪の毛用の石鹸《せっけん》と洗髪後に使うリンスのレシピを言うから、作ってきてくださるかしら？」

できるだけ魅力的な表情でファルジを見つめると、白粉のないファルジの頬が赤くなるのが見てとれた。

「はい！」

化粧品開発に成功したファルジは信奉者《しんぽうしゃ》の目をしていた。

「まずは石鹸《せっけん》の作り方は変わらないのだけど、ローズマリーオイルをベースにしてくださる？アーモンドオイルに漬け込んだやつね。リンスは白ワインの酢に薔薇《ばら》の香料をたくさん入れてちょうだい。それをローズウォーターで少し薄めて石鹸《せっけん》で洗ったあと流すように使うとキシキシしなくなるのよ」

「やってみます！　あの……お教えいただいた製品をお嬢様のお名前で販売させていただいてもよ

ろしいでしょうか？」

「ええ、どうぞ」

私は特に深く考えずに承諾して貴婦人らしく微笑むとファルジを退室させた。


それから数日後にはシャンプーと酢リンスも届いて洗髪してみた。

まずは侍女達が私の結い上げていた髪をほどいて広げていき、生温かいローズウォーターで丁寧にすすぎ洗いをしていく。ああ、水を使わないのは、このあたりの水は硬水なのよ、髪には良くないのよね。結構飲みにくくて、飲んだ瞬間にわかったわ。そしてローズウォーターで泡立てたシャンプー石鹸《せっけん》を髪や地肌につけて洗っていく。よく泡立ち、綺麗に洗えてるわね。そしてすすいだら、酢をつかったリンスをしていくどうなるかしら？　知識として知ってたけど、試したことないのよね。

たくさん薔薇《ばら》の香料を入れてくれたからか、薔薇《ばら》の良い香りが漂っている。

軽くすすいで、タオルドライしてよく乾くまで扇《あお》いでもらう。

酢の感じは消え去って優しい薔薇《ばら》の香りだけが残っている。

「まあ！　お嬢様、素晴らしいですわ。もともとお美しい髪をお持ちでしたけど、まるで黄金のような美しい輝きですわ」

「ええ、本当ににそうですわ、太陽の光と見まごうような美しさ」

侍女達の褒め言葉を聞いて私は微笑まないようにして言った。

「私ときたらまるで髪の奴隷ね。でもキシキシしないわ、素晴らしい出来よ」

美人も楽じゃない。


「お嬢様……」

「なあに、エマ？」

シャンプーやリンスの開発も成功し、しばらく経ったある日、部屋でくつろいでいると私の第一侍女のエマが声をかけてきた。

「頭を打たれてから別人のようにおなりだと噂になっております、何かまだ具合も……」

やはり身近な人には異様にうつるのだろう。

「エマ……実は頭を打った際に神から啓示をうけたのです」

「神から啓示⁉」

「お前の命はやり残した使命があるゆえ戻そう、しかし、再度与えた命を無駄にせず生きるようにと神が話されたのです」

できる限りドラマチックに言うように心がける。

「エマ、私は神により生まれ変わったのですよ」

「お嬢様！」

あらら、エマが感動しているわ。

案外、ドラマチックなことがお好きなのね、もっとお堅い性格なのかと思っていたわ。

「今のお嬢様であれば申し上げても良いかと思いますが、実はお嬢様の悪名高さは国中に広まっておりました。ですが、最近の振る舞いにより印象が変わってきているようです」

「悪名？」

「様々な悪意を撒き散らし、悪の支配者と呼ばれていたお嬢様が美の女神になられたと」

いやいや、エリザベートあんたどんだけ性格悪い振る舞いしてたのよ？

私、別に何もしてないのだけど……？　待って、悪意を撒き散らす……？

この世界の元ネタは未だにわからないけれど、それって悪役令嬢じゃない？

嫌だわ、私はヒロインの器よ！

「エリザベート様が開発された化粧品は素晴らしい発明と大絶賛で、皆、エリザベート様を美の女神と崇《あが》めております。特に白粉は、肌を傷めないと」

そう。十九世紀末まで鉛入りの白粉はヨーロッパで使われており、鉛ゆえに肌が荒れてボロボロになっていたという。だから私は米粉やタルクを組み合わせたものを作らせて流通させた。

私は真珠の粉を加えた特注品だけど、原価を下げるためにも他の人には牡蠣の殻の内側の、白い部分だけを混ぜたものでも充分。

まぁ、安全な白粉や化粧品が広まるなら悪くないし、名誉も回復傾向にあるみたいだから、どんどんやっていきましょう。

『エリザベート公爵令嬢の白粉』

『エリザベート公爵令嬢の薔薇水《ばら》』
『エリザベート公爵令嬢のスキンクリーム』

そんな名前で売り出した化粧品は爆発的な人気を博し、発売から一週間後には公証人やら何やらの色々な人がいる中で、ブランドの立ち上げ人として調印をすることになってしまったのよ。ヤバくない？

実は、私が伝えた化粧品が瞬く間に大ヒットした直後、ルイ・ファルジがお店を譲渡したいと言い出したの。

もうそれは熱心に、まるでプロポーズでも始めるんじゃないかと思ったわよ。

なんて言ったかわかる？

「私はその美しいお姿を拝見するためだけに生まれてきたようなものです、どうか私と共に受け取ってください」

もちろんそれは丁重にお断りしたのだけど、向こうもけっして譲らず、ということもあり、実際の経営についてはルイ・ファルジに一任して、収益分を相当な割合いただくことに。今後も考案したりした際には別途考案料などをもらうなど、めんどくさい取り決めを行うこととなったの。

貴族が商売するなんて、と思いつつ、元の世界の歴史を見ても何があるかわからないから、お金はたくさんあってもいいわよね。そう思い直して承諾することにした。

「また、面白いことを始めたね」

調印をした後、テラスでお茶をしていたら、どこからかエドワード王子が現れた。

「これはこれは、エドワード殿下におかれましてはご機嫌麗《うるわ》しゅう」

「君の化粧品は素晴らしいって、巷で話題だよ」

「まぁ、そうですの？　殿下、『会話の手助け』に冷たくなさらないでくださいまし。このように腕を広げて殿下を待ち受けておりますわ」

殿下はポカンとした顔で立ち尽くしている。

「椅子におかけになって、ということですわ」

モリエールの劇を観たことないのかしら？

そう思ったけど、ここが本当のヨーロッパじゃないなら、モリエールなんていないんだわ。

「椅子が『会話の手助け』か……面白いな」

エドワード王子はそう言いながら腰掛けた。

「退屈ですと言葉を言い換えたりして暇つぶしをしていますのよ」

「まるで詩人のようだ」

「そんなことありませんわ、むしろ商人のようだと思われているのでは？」

「確かに銀行家や輸入業は貴族にもいたが、化粧品となると耳にしないからな……一部では、醜さを上手く隠すなんて、悪女らしい悪巧みだと言うやつもいたが。そういう輩は馬鹿なのだろう」

「まぁ！　酷い話ですわね、第一、あれらは醜さを隠して騙すような化粧品ではありません。肌を清潔にし、衛生を保つ薬です。たまたま美しくなるだけですわ」

「まぁまぁ、私がきちんと医薬品だと広めておくよ。実際、領地の上がりだけでなく別の資金源があるのは、貴族にとって良いことだろう」

「まあ、意外ですわ殿下。貴族らしくないと誇り高い王子様は仰りそうですのに、先見の明がある頭脳をされてますのね。ただ、貴族に力を付けさせすぎても王政には良くないことをお忘れなく。そういえば、この国の農業は今でこそ安定していますが、生産量が増えるには領地が増えなければ難しいのではないかしら？　新しい栽培方法や品種改良がなされない限りは、生産量増加も期待できませんし。それに将来、天災が起こらないとは言えません」

「……あぁ」

「それより、何かご用事がおありになったのでは？」

考え込んでいた様子のエドワード王子は、ハッとした様子で話し始めた。

「セントマリー村に聖女が現れたそうだ」

「聖女？」

王子が頷く。

「今調査に入っているが、マリアンヌ・ラモーという娘が聖なる力を発揮して癒しの泉を掘り起こしたそうだ」

「まぁ、すごいですね」

聖女なんておとぎ話の中にしかいないと思ってた。いや、ここは作り物の世界なんだけれど。

「あぁ、自らの手で掘っていたようだ」

まるでフランスのルルドの聖母とベルナデッタの話みたいだわ。

でも結構ガッツがあるわね、創作の世界の聖女のイメージとは大分違うわ。

私なら真似したくないわね、泥だらけなんて泥エステだけで充分よ。

「なんか別の意味ですごそうですわね、強そうだわ」

「聖女の出現は少し厄介なことになりそうだ」

「なぜですの？」

「君も知っての通り、聖女は王家と並ぶ権力を持つことになる」

いや、知らないわよ。殿下ったら、私の記憶が回復してないことを忘れているのね？

ますます婚約なんて破棄したいわ。

「あら、そんなにも権力を持ててしまうなら聖女様と殿下が結婚なさって、王家に取り込めばよろしいのでは？」

「なっ！」

「わたくしはいつでも婚約解消に応じますわ。理由は聖女様との結婚で良いではありませんか。それが難しいなら、わたくしに健康上の理由で問題があるなどとしていただいても結構ですわよ？」

「…………」

エドワード王子は唖然とした様子で私を見つめていた。

「とにかく私達がどうこうという話ではなく、政治的なお話ですから王家や国の利になる方を選ぶべきですわ」

「……それは嫌だ」

「嫌だって……子供じゃあるまいし」

「別に身分や役割で結婚できるほど私も出来た人間じゃないんだよ、帰る！」

そう言い捨てて、エドワード王子は不機嫌そうに帰っていった。

あんな感情に振り回される君主なんて国民がお気の毒だわ。

私はそう思いながら、クッキーをバリバリ食べた。

◇　◇　◇

翌朝の新聞は想像通りの見出しが躍っていた。


『聖女の降臨』

『聖女の訪れを伝える大天使』


十五紙すべての新聞はこの話題で持ちきり。

空前の聖女ブームね。聖女なんて、現れるのは聖書の中だけかと思っていたけれど。そういえば前世のスマホの広告にも聖女が出てくる漫画があったわね。

もし、現れた聖女がこの世界の主役なのだとしたら、この世界のメインストーリーは始まっているわけよね……

となると私は何かの役どころがあるわけよね……。ありえそうなのは……

その一、美しさのあまりドラゴンに攫《さら》われて、勇者、王子、聖女に救われるのを待つ乙女。

その二、ヒロインをいじめる悪役令嬢。

その三、本筋と関係ない貴婦人。

その四、ヒロインを支える友人。


前にも思ったけれど、エマに聞いたエリザベートの悪評からいって、ありえそうなのは二番目の悪役令嬢なのよね。

『悪意を撒き散らす令嬢』なんて話していたし。

けれど私は悪意なんか撒き散らさないし、聖女がヒロインなら邪魔はしないわよ？　興味があるのは美についてだけ。

関わらない訳にもいかないだろうけれど、仲良く楽しく穏やかに行きましょうよ。

お医者様がいらして診察をしてくださったけど、顔色を見ただけ。何がわかるのかしら。

けれど、今日からベッドから起き上がって、歩いたりしていいとのお許しが出た。

その前からあれこれと動きまくっていたし、問題ないとわかっていたけれども。

というわけで、公式にきちんとしたドレスに着替えることになったわ。

外の世界にお出かけもできちゃうわけね、楽しみだわ。

憧れの、素敵なドレス。

「このドレスにするわ」

私は考えあぐねた末に、淡い薔薇《ばら》色の小花が美しい白地の絹のドレスにした。

襟は本当に細かなレースで妖精が作ったみたいに美しいもの、実際は修道女が長い月日をかけて作ったらしいわ、そしてフリルが品良くスカート部分についていて、胴着にはリボンがついて可愛らしい雰囲気を醸し出している。

このシルクはとてもしっかりした生地なのに、手にすると軽くて月の光のようにつややかで、うっとりしてしまうわ。

しっかりとあつらえたから似合うに決まっているけれど、少し緊張するわね。

始めにコルセットをつけたけど、映画みたいにキュウキュウ締めないから姿勢が伸びたくらいで、そんなに悪くなかった。

その上に巨大な鳥籠みたいなクリノリンをつけて、フリルがたっぷりついたスカートを身につける。最後に、胴着というのかしら？　上半身の部分を着たら完成。一人では着られないわね。

新調した服だから下品じゃなくて、今の私の顔に見合った美しいものに仕上がっているわ。

私は優雅に歩いて回転してみると、途端に転んだ。

何よこれ。結構重いし、油断してるとスカートに重心奪われるわ。やばい。

「お嬢様、大丈夫ですか」

「え、ええ、調子に乗りすぎただけよ」

そう言って起き上がり、優雅に椅子に座ったけれど、クリノリンのせいね、微妙に座り心地が悪い。

そのうち慣れるわよね、きっと。

新調したのは舞踏会用ドレス、晩餐会用ドレス、茶会服、日常用の晩餐服、日常用の午前服、外出用の寝衣を全部五着くらいずつ作ってしまったわ。これでも貴族の身だしなみとしては最低限。あまりにも悪趣味だったから耐えられなかったし、侍女達どころか父と母もいい趣味とは思っていなかったみたいで、いくらでも作るようにと資金を出してくださったようよ。

私自身も儲けているはずなんだけどお金って見たことないわ。

いつのまにか支払いが済んでるという状態よ。

これが裕福な貴婦人なのね。

「エマ、小腹がすいたからお茶とお菓子をお願い」

「かしこまりました」

私は『事故の後遺症を患う体調が思わしくない令嬢』だから、病人食みたいなオートミールやら、よくわからない肉をグズグズになるまで煮込んだものやら、蜂蜜漬けのトーストって言った方が良いようなものばかり食べさせられてるのよ。

ありがたいけど、さして美味しくはないのよね。全部、スパイスのシナモンやクローブがやたらに入ってるし。食がすすまなくてお腹が空くのよね。

しばらくして目の前に並べられていくお茶とお菓子。それを見て私は小首を傾げた。

「全部焼き菓子？」

硬そうなクッキー、かろうじてレーズンが入っていそうなパサパサのスポンジケーキにアップルタルト。洋梨を赤ワインで煮たやつがある他は全部クッキーのバリエーションみたいな感じ……

考えてみたら今までだって、甘いものといったら茶色の焼き菓子しか食べてなかったわね。

「エマ、生クリームを使ったものはないのかしら？」

「生クリームですか？　苺《いちご》にかけて食べたりはしますけど、お菓子には使わないですね……。日持ちしませんし」

これはゆゆしき事態だわ。

いわゆるケーキってパウンドケーキの仲間しかないってこと？

嫌だわ、よく泡立てた生クリームのケーキがないなんて、ありえないわよ。

「エマ、パティシエに会いたいからキッチンに行きましょう」

私はエマを伴いパティシエに面会した。

キッチンは大聖堂かと思うほど天井が高く、様々な鍋や調理器具やレンジがあった。レンジといっても電子レンジではない。このくらいの時代だと、オーブンを含めた加熱調理器具をレンジと呼ぶの。

ビクビクしている感じのよい青年はカレームというパティシエらしい。

私に怒られるのではないかと思っているのが、怯《おび》えた顔から読み取れた。

「怖がらなくていいのよカレーム」

私は優雅に微笑みながら、安心させるようにカレームに言った。

「あなたの作るお菓子には何も問題はないわ。私、生クリームを探しにきたのよ」

「生クリームですか？」

カレームは一旦は安心した様子だったが、すぐに訝《いぶか》しげな顔をした。

「そうよ」

「ありますけど。こちらがどうかしましたか？」

「お菓子作りには使わないのかしらと思って」

「コーヒーや紅茶用、あとは煮込みに使うとか果物やケーキにそのままかける以外は使いませんね」

やっぱりそうなのね、泡立てるという考えがないんだわ。

そうなれば私の快適なスイーツライフのために教えなきゃいけないわね。

「じゃあさっそくお菓子作りに利用しなくちゃね。生クリームと砂糖、氷水を持ってきてくださる？」

「はい」

私の突然のお願いに対しても、カレームは急いで準備に取り掛かってくれた。

数分もしないうちにキッチンの作業台に並べられた食材を見下ろす。

「えっと、生クリーム、氷水は問題ないわね。でも……これは何？　石？」

「砂糖です」

……こんな天然石みたいなのが砂糖？

並べられた砂糖は、小石くらいの大きさで、前世でいう氷砂糖のような結晶がごろごろしていた。

「そうしたら細かくなるまで砕いてくださる？」

「かしこまりました」

カレームはハンマーで砕いてより細かくするとスパイスに使っているのだろう、乳鉢と乳棒を取り出して、一生懸命すりつぶし始めた。

「砂糖はカレームに任せて、生クリームを作りましょう。泡立て器はある？」

「泡立て器？」

「ものを混ぜる時に使う道具よ、ヘラとか柄杓《ひしゃく》じゃなくて」

「ないです」

そうなのね……。泡立て器がないとホイップクリームがない世界になってしまう……というか、今そうなんじゃないの。ないなら作るしかないじゃない。どうしようかしら。

「エマ、庭の柳の木から枝を数本もらってきてくれるかしら」

「はい、かしこまりました」

泡立て器がないなら作るしかないわ。私はエマに柳の枝を取ってこさせるとちょうど良い長さに切ってもらい、大きめのフォークの先端に裂いた小枝を結び、反対側をフォークの付け根部分に結びつけて上手いことなんちゃって泡立て器を作り出した。

私はエマに生クリームをかき混ぜるよう指示して泡立てさせた、時間はかかるもののきちんと泡立つようだ。

「使いづらいけど、きちんと泡立つわね」

「お……お砂糖……細かく……く…砕きました……」

疲れ果てているカレームは、砕いた砂糖を皿に入れて側に置いてくれた。

「ありがとう、お疲れ様でした。さて砂糖を少しずつ加えていきましょう」

私はエマから泡立て器を取り、手早く混ぜていく。するとすぐに、クリームがフワフワの雲のようになっていくのがわかった。

「すっ、すごい！　泡立てるとは、こういうことなのですね？」

カレームは大変感動した様子で出来上がったホイップクリームを眺めている。

カシャカシャとさわやかな音が厨房にこだまして他のキッチンスタッフも気になるのか遠巻きにチラチラと見ている。

「カレーム、スポンジケーキあるかしら？　おやつに出してくれた」

「これですか？」

ボソボソだった丸いスポンジケーキを持ってきてくれる。

「あとジャムがあればちょうだい。なんでもいいの」

「苺《いちご》のものがここにありますよ」

「ありがとう。そうしたらこのスポンジケーキを横半分にナイフで…こうやって……半分にするのよ」

　私は半分に切ったケーキを二人に見せながら言った。

「そうしたらね、ジャムを満遍なく塗りたくって、ふんわりクリームをのせてサンドするわけ」

「美味しそうですね！」

　カレームが目をキラキラさせて言った。

「でしょ？　でそこにさらにホイップクリームを塗りたくるわけ」

「おぉ！　白いケーキ！」

「ほら、これだけでもだいぶ違うでしょう？　生のフルーツを飾ってもいいし、さぁ食べてみましょう」

　私は人数分切り分けて遠慮する二人を促して食べ始めた。

「ん〜、美味しいわ。生クリームの質も高いわね」

「お嬢様のおっしゃる通り、生クリームの風味がとても良いです。香ばしいケーキに合いますね」

「食べる分だけをその場で泡立てたら、日持ちするかどうかは関係なくなるか……」

　カレームはそう言うと、少し考え事をするようにケーキを見つめた。

「お嬢様、カレームが言うように生クリームはすぐに食べるには良いですが、少し時間が経つと崩れてしまうのでは？」

　エマがフォークの先でクリームをすくう。

　八分立てにしたのにもう緩くなってフォークから四月の雪のようにこぼれ落ちていく。

「確かにね。でもそういう時はあれよ。あれ、あれ……あっ、バタークリームを作ればいいのよ」

「バタークリーム？」

「ええ、メレンゲはわかるわよね？　あ、でも泡立て器がないから、ないかしら」

「いえ、あります、フォークで泡立てています」

思わず、え？　って言うところだったわ、フォークだなんてかなりの重労働じゃない。でもいまはそんなこと言ってる場合じゃないわね。

「メレンゲと白くなるまでよく混ぜたバターを合わせたクリームのことよ」

「メレンゲとバターを……」

「あっ、普通のメレンゲじゃないのよ、確か、そう、砂糖をお湯に溶かして高温のシロップにして、何回かに分けて卵白に混ぜていくのよ」

「試してみましょう！」

好奇心で目を輝かせたカレームは、そう言うとシロップを手早く作りだした。それからメレンゲをしっかり泡立てる。そのままシロップを細く垂らしながら入れて、ツヤツヤなメレンゲを作り上げた。仕上げにできたメレンゲを練ったバターに三回くらいに分けて混ぜ込むと
「出来たわね」

私は完成した、美しい艶を放つバタークリームを見つめた。

完璧ね、パリのパティシエが作るケーキ以上じゃないかしら。

「これだと形崩れしにくいから、いいんじゃないかしら？」

「素晴らしいですね、さすがはお嬢様です」

エマは手放しで褒め称えてくれる。恥ずかしいわ。もっと褒めなさいな。

「お嬢様、どうか俺を弟子にしてください！」

カレームは急に頭を下げて私にそう言った。

その様子にキッチンは騒然となった。

いや、技術もないから無理よ。第一せっかくお嬢様になったんだから、ずっと台所にいたくないわ。

「カレーム、あなたは立派なプロフェッショナルよ。それに、私はただ技術を伝えただけ。あなたがしなくちゃいけないのは弟子になることじゃなく、プロとして誇りを持ち、そしてさらに学んだり、挑戦をすることじゃないのかしら？　人から教わるだけじゃなく、自分自身で挑戦して新しい発見をすることが大事なんじゃないかと私は思うわよ」

私がそう言うと、カレームは感極まった様子で拳を握りしめた。

「お嬢様……ありがとうございます……」

「あなたは素晴らしいパティシエよ。もちろん、私も色々なアイデアがあるから形にするためにこれからもお願いすると思います。期待してますわ」

その後は、さらにメレンゲとバタークリームを使ったマカロンパリジャンをはじめ、色々なレシピを教えて一日は過ぎていった。

聖女はつらいよ

それから数日後の爽やかな朝、私は体調不良というベッドでご飯をいただく特権を使い、食べながら微睡んでいた。

エレガントな薔薇《ばら》の彫り模様があるベッドテーブルには、温かいスクランブルエッグにトリュフをかけたものにバター付きパン、マーマレード、ソーセージにベーコン、焼いたトマト、紅茶とミルクが載っている。

カーテンが開けられており、やさしい日の光が部屋の雰囲気を優美なものにしていた。

そうそう、この時代は未婚女性は朝食室でビュッフェ形式の朝ご飯をとっていたのよね。

「お嬢様、エドワード殿下がお見えです」

そこへエマがやってきて、慌てたような声色で殿下の来訪を私に告げた。

エマったら焦っていても顔は無表情なのよね、ウケるわ。

「まぁ……グランサロンにお通しして」

「既にお通ししております」

「仕事が出来る女はいい女よ。ありがとう、では身支度を」

「かしこまりました」

殿下も事前連絡こそなかったけれど、今回は寝室ではなくてグランサロンできちんと待てているみたい。少しはお行儀よくなったということかしらね。

「少し、控えめではありませんか？」

選んだ茶色のドレスを見てエマが言う。仮にも婚約者に会うというのに、疑問に思ったのだろう。でも新調したドレスで、襟には目が悪くなりそうなくらい細かな模様で作られているレースを使用してるし、生地も美しい絹だし、控えめなのは色味くらいで本当は贅沢な品なのよね。

「ええ、控えめに見えるようにしたいのよ。髪飾りやアクセサリーもあまりしないつもりでお願いするわ」

「かしこまりました」

急に訪れたら用意できませんよ、と暗に伝えるために地味にしてるのよ。京都的な遠回しの怖さよ。

まぁ、王子様ときたら鈍感そうだから気づかないと思うけど。

私は身支度を済ますとグランサロンに向かった。

「大変お待たせ致しました、殿下」

私はゆっくりと優雅なお辞儀をしながら王子ともう一人、女性がいることを把握した。

「あぁ、エリザベート。君はいつ見ても美しいな」

王子は当たり前だけど、うっとりして私をみつめている。これでこんなありさまなら、気合い入れて用意してお会いしたら生きてられるのかしら？

「殿下におかれましてはご機嫌麗《うるわ》しいようで」

「紹介しよう、聖女のマリアンヌ・ラモーだ」

紹介された聖女マリアンヌは栗毛の可愛らしい女の子で、いかにもヒロインらしい大きな瞳を持っていた。ストレート男性ならみんな好きそうな感じだ。

この垢抜けない子がきっとこの世界の主人公なのね。恋愛ゲームか小説な感じがするわね。

「はじめましてマリアンヌ・ラモーです」

聖女のお声は教会の美しい鐘のように耳にやさしく響いた。はっきり言うと田舎から来たせいか声が大きいわ。

「聖女様、初めてお目にかかります。わたくしはロートリング公爵の娘、エリザベートと申します、よろしくお願い申し上げます」

私はそう言って、優雅にお辞儀をした。

聖女は垢抜けなさこそあるものの素朴で可愛らしく、聖女らしい白と金を基調とした華やかな装いをしていた。私の方はかなり地味な装いだったけれど、美しさと優雅さでは充分勝てると思った。

「こんな美しい人、初めて見ました」

潤んだ瞳は小動物のようで、可愛らしいこと、でも私の美しさの前には薔薇《ばら》の脇に咲くオオイヌノフグリみたいなものね。

「お褒めいただき、ありがとう存じます」

「そんな堅苦しくなさらないでください。どうか私のことをマリアンヌと呼んでください」

立ち上がって手を取ってきたヒロインの顔を見てみると、まるで溺れた人が藁を掴むような表情を浮かべている。

それを見て力強く握られてしまった手の握力にやっと、只事ではないと私は気づいた。

「マリアンヌ様、顔色が悪いですわ。殿下、どういうことなのでしょう」

私は聖女様を落ち着かせるように両手を優しく包み座らせた。

ずっと握られてたから痛いわ。

「話しにくいことなのだが……」

エドワード王子がだらだら話すことを要約すると、こうだった。

聖女マリアンヌは小さな村の羊飼いの娘で、天から啓示を受けて聖女としての力を授かった。

聖女は王族と並ぶ国家権力を有する身分だが、このところしばらくは高貴な身分から出ていたため、目立った問題がなかった。

しかし、今回の聖女は平民。後ろ盾や教育が充分とは言えないため、これから続く儀式や神学などの他に政治学、マナーなども習得しなくてはならない。

また、貴族間の権力争いや教会に関係する様々なやりとりに耐えなくてはいけないなど、問題が山のようにある。

相談しようにも聖女という身分上、周りに信用できる人がいない。教育が修了していない今は王室と協会の保護下、平たく言えばほとんど軟禁状態にあり、聖女マリアンヌの精神はかなりダメージを食らっているとのこと。

そのため、同年代の女性の友人ができたら、少しは環境が良くなるのではないか、という殿下の考えで私のもとに連れてきたらしい。

いや、わかるけど。婚約者の座を奪うことになるかもしれない女を友人にしてあげてと連れてくるなんて、この王子サイコパスね……ますますないわ。

でも『マリアンヌ』なんて二丁目っぽい名前だし、まぁ可哀想だし、私も友達がいないからいいわ、話し相手くらいにはなってあげる。

「マリアンヌ様、私のことはエリザベートと呼んでくださいね」

「エリザベート様……」

「こんなことでめげてはいけませんよ、泣いてる暇があったら勉学に励もうではありませんか。泣いても問題は解決しません」

「はい……」

私の言葉を聞いたマリアンヌは女神の神託《しんたく》を聞いたかのごとく、敬虔《けいけん》な顔で私を拝んでいた。

これじゃどちらが聖女かわからないわね。

「とりあえずあなたの聖女としての役目、儀式と神学を中心に取り組みを続けてください。行儀作法は案外大丈夫だと思うのですよ」

「そうなのですか？」

「エドワード殿下を見れば、この国の行儀作法のレベルが最悪なのがわかりますよ」

「私が……？」

殿下が絶句した表情で私を見る。

「ええ、未婚の淑女の家に事前に連絡も用件も伝えずに訪ねるのはマナー違反ですよ」

そう言うと、殿下はぐうの音も出ない様子で黙り込んだ。

「ふふふ、エリザベート様と殿下は仲がよろしいのですね」

「ええ、今のところはとりあえず婚約者ですし」

「今のところは？」

「はい、マリアンヌ様が殿下の妻になることの方が可能性が高くなりましたもの」

「エリザベート嬢、誤解を招く発言は慎んでいただきたい」

殿下が眉をひそめて否定する。

「あら殿下、可愛らしい聖女様を皇太子妃に望む声は高いですし、王権政治に聖女信仰を取り込む方が安定した政権になりますわ」

私は最もいいシナリオが浮かび微笑みながら言い張った。

王子様にクリティカルヒットするかしら？

「君って人は……」

うなだれるような困ったような顔をしている。効果は抜群だ。ハンサムだからこういう顔をしたらかまってくれると思ってそうで嫌だわ。

三人も部屋で話しているせいか、空気が乾燥して暑くなっているようね。

なんだか喉が渇いたわ。

「さぁ、マリアンヌ様、とりあえずお茶に致しましょう」

「お茶ですか？」

マリアンヌはうれしそうに言った。

これくらいわかりやすいと宮廷で生き残るのは大変そうね、厳しくしつけなくちゃ。

「ええ、こういう時にはね、お茶が一番なのよ」

私は微笑みながらベルを鳴らし、窓を開けた。

「エリザベート様……これは！」

先ほどまで深刻な顔をしていたマリアンヌは、今や宝箱を見つけた子供のような無邪気で可愛らしい笑顔になっていた。

用意されたテーブルにはクリームたっぷりのケーキ、サンドイッチ、焼き菓子、苺《いちご》やフランボワーズといった果物などがいっぱいに満ち溢れている。

「マリアンヌ様、お茶はバーラト？　ノワーズ？」

そう尋ねると、マリアンヌはぽかんとした表情をした。

「へ？」

「バーラトはシンプルな味のお茶でクセがなく飲みやすいし、ミルクと合うのよ。ノワーズはクセがあるけど珍しく、蜜を思わせる艶やかな蘭の花のような香りがするわ」

「……おまかせします」

「ではバーラトにしましょう、ミルクとお砂糖は入れる？」

「お、お願いします」

「ではお砂糖は二杯にしておくわね」

この世界、動物、植物は基本的に現実世界と同じようにあることがわかって安心したわ。図鑑を見るのが趣味になりつつある。

地名が違うからか、細かい名前は違っていて、そこは誤算だったけど。

バーラトはアッサム、ノワーズはキーモンにあたる味わいだった。

でも、茶会服を作ったあとに気づいたのだけど、この世界ではお茶会っていう概念がまだないみたいだから、この世界では私がベッドフォード公爵夫人に代わってアフタヌーン・ティーをしなくちゃよね？　実際、一度は自分自身の手で贅沢に催してみたかったのよね。

前の人生の時はめんどくさいから、もっぱら高級ホテルで楽しむだけだったけど。

そんなふうに考えていると、前に座ったマリアンヌが目を見開いて硬直した。

「マリアンヌ様、どうしたの？」

「美味しいです！」

優雅とは言えない声を出したマリアンヌはこくこくとティーカップを飲み干していく。

「エリザベート嬢、君が淹《い》れるからか特別に美味しいお茶だな」

殿下が褒めるのをスルーして、マリアンヌに向けて微笑みかける。

「マリアンヌ様、ありがとう」

「エリザベート……！　私には何もないのか？　君は本当に私が好きではないのか？」

「まぁ、何をおっしゃいますの？　単に眼中にないだけで、友人としては殿下を好きですわ」

「ゆ、友人……」

王子様はショックを受けたように青ざめている、そんな暇があったらプロテインでも飲んで鍛えてほしいわね。マッチョに。

「エリザベート様！　殿下が死にかけてます……」

「気にしないで。マリアンヌ様も今後は殿方のあしらい方というものを覚えていきましょうね。さぁお菓子も召し上がって」

「エリザベート様……、あの、どうやって食べたら……」

いくつも並べられたお皿を見て、マリアンヌが戸惑ったように言う。平民だからマナーがわからなくて恐縮しているらしい。ちょうどいいわ、今後は行儀作法を教えておかないと。

「まず、マリアンヌ様の一番近くに置かれたお皿。サンドイッチと言うのだけれど、これから食べて。しょっぱいものが先なのよ。それからその隣のスコーン。このバターみたいなクリームとジャムをつけて食べてみて。あっ、上流階級ではジャムが先よ、じゃないとせっかくのクリームが溶けて食べにくくなるわよ」

まず、この世界には上品なサンドイッチがなかったため、サンドイッチを作らせた。耳を落としたパンドミにサーモンやチーズを挟んでみたの。英国王室風に角を落として丸くね。キュウリのサンドイッチも作ってみたけど、この世界の人にとってはどうかしら。ワインビネガーでキュウリを下拵えしたから、さっぱりしてなかなか私は好きよ。

スコーンも存在してなかったから、作り方をパティシエのカレーム君に教えて再現してもらったわ。バターなんかはあるけれど、クロテッドクリームはなかったから、これもデイリーメイドに教えて作ってもらった。

他にも日々のアフタヌーン・ティーのために、エビのバター壺焼きなんかも用意してあるわよ。急に来たから殿下達にも味わってもらうことになったけれど……

給仕の皿を下げるタイミング、出すタイミングもみんな完璧ね！

あぁ、三段トレイはないわよ？　あれは元々、テーブルが狭い時のために生まれたものだもの。うちは使用人もいっぱいいるし、ヴィクトリア女王のアフタヌーン・ティーと変わらないスタイルよ。

「にしても見たことのないものばかりだ」

サンドイッチを手にした殿下が感心したように言う。

「それにすべて美味しい……」

マリアンヌが手に取ったスコーンに視線を落として呟いた。

「それは良かったですわ……。あら、マリアンヌ様。スコーンはナイフで割らずに手で割りましょう」

「は、はい！」

さっそく言う通りに覚束《おぼつか》ない手つきでスコーンを割り始めるマリアンヌ。それを見て、殿下は納得したように頷いた。

「こうやって実践で学ばせようということか……」

「ええ、その通りです」

「確かに、ただ聞くだけより身につきやすいだろうね」

「そうで……マリアンヌ様！　スプーンをティーカップの中でくるくると無闇矢鱈《むやみやたら》に回さないでください。曲芸師じゃあるまいし。時計の十二時と六時を行き来するようにして混ぜて。……そうですわ、よくできていますよ。あぁ……ハンドルに指を通さないで、優雅につまんでください」

「エリザベート様……ゆ、指がつ、ります……」

「我慢よ、我慢。優雅さには忍耐も含まれるのですから」

カタカタとティーカップを揺らすマリアンヌに言い聞かせる。

とはいえ、実際のところ礼儀作法で細かなミスをしてもマリアンヌであれば許されるでしょうね。彼女は王族と並ぶ立場。貴族の序列でも高位になるから、あからさまに指摘はできないはずだわ。だから目立った作法を大まかにだけ理解できたら、おのずと上手くいくんじゃないかしら？　何しろヒロインなのだから。

まあ、重箱の隅をつっつく人は沢山いるだろうけど、そういう人には作法を完璧にしたってどうせ文句を言われるんだからいいのよ、大体で。

あら、考えてみたら今の状態だと私はヒロインの友人、味方って感じでなかなかよさげじゃない？　少なくとも悪役じゃないから、殺されたり追放されたりしなさそうよね。

そんなこんなで聖女マリアンヌとエドワード王子は、アフタヌーン・ティーをたらふく食べて帰って行った。

　この時の私は、翌日、エドワード王子と聖女マリアンヌが美の女神エリザベート公爵令嬢によって開かれた「お茶会」なるものの素晴らしさを、世の貴族達に力説しだすなんて、知る由もなかったわ。

貴婦人は優雅に働く

「茶色の生地が枯渇しました」

翌日、仕立て屋のローヌ・ベルタン嬢は顔を真っ青にして私の前に現れた。ベルタン嬢はドレスを新調した時から付き合いがある。私の注文通りに仕立ててくれる腕のいい仕立て屋だ。

「枯渇って、一体どうしたの？　染料に何か問題が？」

それにしたって何か前触れのようなものがあると思うのだけれど。それに茶色の生地が枯渇したからといって、ベルタン嬢が私の元に来る意味がわからない。私は首を傾げた。

「エリザベート様がお召しになったからです！　一晩で国中の流行ですよ」

その言葉に私はため息をついた。

「あぁ……きっとエドワード殿下の軽口のせいですわ」

殿下ったら私のドレスの色まで言いふらしたのね。

私はあのお茶会の日の会話を思い出した。


「エリザベート嬢、今日はなぜ茶色の服に？　いつもは鮮やかな色を着ているのに」

「あぁ、これ厳密には茶色ではないんですのよ」

私はなんとなく理由もなくむかついていたので、いえ、ドレスの色のことなんか殿方にはわからないだろうと思い、王子に意地悪することにした。

「え？」

王子は案の定、いぶかしげにドレスをながめて何色か必死に考えているようだ。

私はすぐには答えず、部屋に活けられた黄色ともオレンジとも言えない薔薇《ばら》の色味を生地にできないか考えていたが、そのうちあまりにも可哀想になってきたので答えることにした。

「これはノミ色ですの」

そう言うと、聖女と殿下は紅茶を吹き出した。

「二人とも、はしたなくてよ」

「ノ……ノミ色」

そう、たまたまだけどフランス王妃マリー・アントワネットがノミ色のドレスを流行らせた逸話を思い出してノミ色ということにしてみた。

「ええ、茶色にもいろんなニュアンスがありますから」

私は二人の面白い顔を笑わないようにしながら、すまして答えた。

「色々なニュアンス？」

「そうよ、同じように見えても違うことがあります。土もドレスの色もマホガニーの家具も茶色だけどそれぞれ違うようにね。もちろん物事すべてに」

「確かに……」

王子は感慨深いというようにうなずいている。

「わたくしもノミ色のドレスが欲しいです!!」

マリアンヌはキラキラのおめめでそう言ってサンドイッチを握りつぶした。

「マリアンヌ様に仕立て屋のベルタンさんを紹介致しましょう」

私はこの時、あまり深く考えていなかったのだ。


私ってやっぱり影響力がついた感じなのね。インフルエンサーとでも言うのかしら?

「――なので、しばらくは茶色の生地でドレスを受注することは難しく……。ですから、今日は違う色のドレスをぜひ、お願いしたくて!」

ベルタン嬢の声に私は回想から呼び戻された。茶色のドレスの順番待ちの間、別のドレスが売れなくなっては意味がない。だから別の色も流行らせたいっていうことね。抜け目ないわ。

「流行に乗るんじゃなくて作る側になるのは大事よね。真にファッションを楽しむとはそういうものだもの。ファッションリーダーになって流行を作り出すのも悪くないわね」

私がそう言うと、ベルタン嬢は目を輝かせた。

「そうですとも!　エリザベート様の美貌、センスの良さがあれば完璧ですわ」

まぁ、本音が透けてみえるわ、要は私で金儲けしたいってわけね。

「それで、何か見返りがあるのかしら?」

にっこりと微笑みながら尋ねると、ベルタン嬢が頷く。手ぶらというわけじゃなさそうね。

「エリザベート様の衣装代は生地代は無料、装飾分は原価で提供しますわ」

「ふーん、悪くない話ね」

「エリザベート様の肖像画家もこちらで手配して国中に配ります！」

肖像画。それを聞いて、私はふと思いついた。

「ねえ、それも良いけど実際に生地になってる方が、ドレスの宣伝としてはわかりやすいのではない？」

「そうですが……」

ベルタン嬢は困惑したように言い返してきた。

それ以外、方法がないと思っているなら、そうよね。

私はマントルピースの上に置かれたビスクドールに目線を移して話した。

「小さなお人形に着せて各地に送るのはどうかしら？」

そう言うとベルタン嬢は蛇を踏んだ時みたいに驚いた顔をした。

「肖像画とはいえ、配るとなると油絵やパステルではなく、どうしても活版印刷になってしまうわよね？」

活版印刷はコストが低いけれど、モノクロだし。掠れたり、ムラができたり、質の良い肖像画になるとはとても言えないわ。

「それより、ミニチュアの服の方が生地の質感もわかってよいと思うのよ。高くつくけどね」

それでも型紙があればお針子達が仕上げられるから、油絵やパステルの肖像画を画家を雇って量産するよりは費用を抑えられるし、この身分が高く美しい私が広告塔なのだから、このミニチュアを持つことがステータスシンボルになるだろうし、そうなったら貴族や金持ちが這いつくばってでも欲しがるだろう。そしたら値段をつり上げられるわね。

「エリザベート様！　素晴らしいお考えです」

ベルタン嬢は手元のメモに物凄い勢いで何事かを書きつけた。

「ついでなら、この国の生地を流行らせることで、ファッションはもちろん、服飾産業を発展させていきましょう」

この国の麻やコットン、絹などをバンバン使いまくるわよ。

これで経済を発展させる、という名のもとに素敵なドレスを着まくることができるわ！

……待って、それなら他にも良いこと思いついたわ。

「ベルタン嬢、あらゆるファッションの芸術家を呼んでちょうだい。大至急よ！」

それから数時間後、私の貴婦人の私室《ブドワール》には選りすぐりのファッションの芸術家達、つまり仕立て屋のベルタン嬢に化粧品を一任しているファルジ氏、画家のルブラン嬢、髪結いのレオナール氏、印刷技師のグルテンバーグ氏がすぐに集まり、打ち合わせをしていた。

「にしても、ファッションや美容の本を作るだなんて考えましたね」

私の構想を聞いたグルテンバーグ氏は楽しそうに紅茶を啜った。

「本というほど立派なものじゃないわ。雑誌ってところ」

「雑誌？」

私が笑いながら言うと、グルテンバーグ氏は首を傾げた。この国にはまだ雑誌という概念がないみたい。

「このジャンルは雑誌——ではなく、ファッションプレートとでも名づけましょう」

「素敵ですわ」

画家のルブラン嬢はふわふわした感想を述べた。

この人、絵は上手いし気立ては良いけど、あまり頭は回らないのよね。

「最初のターゲットは外国の貴族やブルジョワに絞って、徐々に購買層を増やしていきましょう」

話は決まりね、と私がまとめると、みんなが一斉に頷いた。

こうして生まれたファッションプレート、その記念すべき最初のレーベルは【ロートリング・ファッション・ペーパー】と名付けられた。

ロートリング・ファッション・ペーパーは、私とベルタン嬢が考案したドレスデザインやレオナールによる髪型提案、ルイ・ファルジによる香水指南など盛りだくさんな内容で大人気となり、増刷を重ねることになった。あとから宝飾師などが加わり、内容はより一層充実して、ファッションプレートを読むことが、この世界で絶対に欠かせない娯楽のひとつになっている。

◇　◇　◇

ファッションプレートの創刊で忙しい中、国内の身分が高い令嬢達から私の家を訪問したいという手紙が届くようになった。

私、他にも陶磁器を作らせたり、料理器具を作らせたり色々と忙しいからできれば避けたいんだけど、社交も大事よね。

とりあえず三ヶ月後に数名分をまとめてお受けすることにして、準備をすすめることにした。

色々仕上げをしなくてはならないこともあるもの。

というわけで今、目の前には期待に胸躍らせているけれど、そうと知られないように無表情を装う令嬢達がいる。

訪問にいらした四人の令嬢、モンテスパン侯爵令嬢、ヴァレンヌ伯爵令嬢、シャニュイ子爵令嬢、パイヴァ男爵令嬢と揃いも揃って皆さん、殿下が言いふらした我が家のアフタヌーン・ティーに興味津々のご様子。うちをビュッフェ会場だとでもお考えなのかしら……

「さぁ、おかけになって」

そう案内したプティサロンで、立ち尽くすご令嬢達。口をぽかんと開けて息を呑んでいる。

画家がいたらこのシーンを描かせたかったわ。なんていうアホ面でしょうね。

「皆様、どうかなさいまして？」

私は皆さんを席に着くように促した。

「す……すごい」

「これは……」

「何……」

「パ、パーティー⁉」

テーブルいっぱいに広がるティーセットやお茶菓子に令嬢達は目を輝かせるよりも前に、呆気に取られた様子だった。

「皆様、落ち着いてくださいな、ちょっとしたお茶会ですわ」

「ちょっとしたですって！」

全員がコントのように声をあわせて叫んだのでびっくりしたわ。

淑女らしさが抜けるところは人間らしくていいわね、私は微笑みを崩すことなくお茶会をすすめるため三人にお茶をすすめた。

そんな騒ぎがありながらも優雅にお茶会は進んでいきました。

「――ロートリング公爵令嬢様は変わられましたわね」

ええ、なんと言っても中身が変わってますからね。

モンテスパン侯爵令嬢の言葉に心の中で返した。

侯爵令嬢の周りにはかすかにかぐわしいハーブの香りが漂っていて、ミステリアスな容姿にぴったりだった。

「前は社交をすべて断っていましたし、肖像画でしかお姿を存じ上げませんでした。美しい肖像でしたから本当に実在するのかすら噂になってましたわ」

あらあら、そんなレアキャラだったの？

ならなんで悪意を撒き散らす令嬢、なんて噂がたったのかしら？

「でも実際にお会いしたら、絵よりも美しい方で驚きましたわ」

「ええ。それどころか、絵にも描けない美しさですわ」

と、野に咲くスミレのように可憐なヴァレンヌ伯爵令嬢が後を引き継ぐと、

「お姿だけでなくセンスの良さや優雅さも世界一なのではないかしら？　この陶磁器の美しさもほんとに素晴らしいわ」

今度はクレマチスのようにしなだれているシャニュイ子爵令嬢が話し出す。と言った具合で大絶賛の嵐。あぁ前世の間に、できればイケメンにこんなに褒められたかったわ。

「シャニュイ子爵令嬢、気に入ったのでしたらティーセットを差し上げますわ。実は今日、工房から届いたものがありますの。別の絵柄でもよろしければですけど」

「い……いいのですか⁉」

「わ、わたくしも欲しいわ」

「ずるいわ！」

「私も欲しいです……」

シャニュイ子爵令嬢が感動したような表情を浮かべると、他の三人が羨ましそうに口々に呟く。

「あら皆さん、お気に召していただけたのなら、それぞれお持ち帰りくださいませ」

事前に来るのがわかっていたから、お土産をいっぱい用意させていただいたわ。

ティーポット、ティーカップ、ソーサー、銀のトレイに銀のティースプーン。

あと選りすぐりの紅茶も。

「なんて寛大な！　私達はロートリング公爵令嬢に忠誠を誓いますわ！」

モンテスパン侯爵令嬢がそう言うと、他の三人も固く頷いた。

「あらまあ、そんな大袈裟な……。忠誠よりも、よろしければ私のお友達になってくださらない？」

「もちろんです！」

モンテスパン侯爵令嬢は心酔しきった表情で言った。

まぁ、今日知り合ったばかりだから完全には信用してないけど、とりあえず退屈しないで済むし、宮廷内の噂なんかを手に入れるにはちょうど良いわね。

「ところで、ロートリング公爵令嬢。……エドワード王子とはいかがお過ごしなんでしょう？」

モンテスパン侯爵令嬢は明らかにドキドキしている様子で私に言った。

残念ながらドキドキして聞いていただける話はないわね。

ハンサムで政治については考えているみたいだけど淑女に対しては少し無作法だわ。

「何もないわ」

「え？」

令嬢達は期待した答えではなく絶句している。

「普通です」

「そんなはずないですわ！」

ずばりと言い切る私に、モンテスパン侯爵令嬢はそう叫ぶ。

「あんな素晴らしい王子様と過ごして何もないなんて信じられません！」

「でもね、モンテスパン侯爵令嬢、相手が王子様であったとしても、結婚前のレディの身に何かあったらマズイでしょう?」

「あっ、やだわ……私ったらはしたなく……」

「モンテスパン侯爵令嬢は、意外にもロマンスがお好きでいらっしゃるのね」

私は優雅に微笑むとお茶に砂糖をもう一杯加えた。

このお茶会の後、王国のみならず国外でも午後のお茶の時間というものが大流行し、ロートリング公爵令嬢が始めた優雅な習慣として定着するようになる。

このお茶会、もちろん優雅で美しい公爵令嬢というイメージをつけるために行ったのではない。

『エリオトロプ商会』

さすがにロートリング公爵家の名前は出せなかったので、花の名前で商会を作り、ファルジ氏に展開させている化粧品だけでなく、紅茶やアクセサリー、陶磁器などのお茶会関連のものを取り扱うことにして、都にてお店を持ち、経営に乗り出した。

陶磁器も工房を買い取ったから、一貫してオリジナルよ。

お茶会を流行させるつもりで一連のことを行ってきたの。

だからかなり前から、お茶や砂糖、特に質が高いものをほぼ買い占めておいて高値で今売り出してるってわけ。おかげさまで儲かったわ。

お金はあればあるほどいいわ。私がこれから行う大切なことには、いくらあっても足りないんだから。

どういうことかと言うと、おそらくこの世界は乙女の夢が詰まってる。

ハンサムで優しい王子様、可愛いヒロイン、美しい私……

平たく言うと、私の好きなガチムチやムキムキマッチョが存在しない可能性があるってこと。

雄くさい、いや、男らしさに溢れるイケメンはいないということなのよね……

みんなモデルみたいに美形ではあるのよ？　村人その一とかですら、ムダ毛なんて全然ないの。

けれど、もちろん美形は好きだけど、それじゃ欲をそそられないのよ。

せっかく美女になったのだし、好みの力強い体育会系な男をたぶらかしたりしたいわ！

なんとかイケメン体育会系君を作り出し、恋をして、婚約者からはずれて、商会の収入で自由な暮らしをするのよ！

そしてイケメンを取っ替え引っ替えしてこの世界の稀代の悪女として名を残してやるわ。

デビュタントは大騒ぎ

日数が経ち、こちらでの生活様式が整ってきたのよ。どんな暮らしかと言うと十九世紀のレディそのものだわ。

朝起きるとベッドでお茶をいただいてゆっくり目を覚まして、余裕があれば白い大理石で出来た細工が見事なお風呂でカフェ・オ・レをいただきながら過ごすの。

「お嬢様、今日は何を入れましょう」

「そうね、アーモンドミルクと薔薇《ばら》の精油を混ぜて入れてくださる?」

エマにそういうと手際よく混ぜ合わせてお湯に入れてくれるのよ。

ふんわり香る優雅で甘い香りは最高の贅沢ね。

そして化粧台で化粧水にクリーム、パウダー、口紅に香水をつけて、髪をオイルで整えたら、ドレスを着る準備。

「エマ、もう少し締めてもいいわよ」

私はベッドの柱に抱きつきながらエマにコルセットを締めてもらう。

この時代、そこまできつく締めないいんだけど、やっぱり細くありたいじゃない?

「さあ、つかまって、息を吸ってください」

「これぐらいじゃ気絶したりしないわ」

私は誇らしげに微笑むとエマはあきれた顔で見ている。

「元気なのは良いですけど締めすぎは健康に良くありませんから、ほどほどになさってくださいませ」

エマは力の限り締めてくれたので、犬の首輪をベルトにできそうなくらい細く仕上がったわ。

「ドレスは水色にするわ、カメオのブローチを持ってきて」

「はい、お嬢様」

そしたら朝食室に行き、朝ご飯をいただきます。

朝食室はだだっ広いお部屋で本当に朝食の時にしか使わないのよ。

狩猟の絵や、風景画、よくわからない歴史画のような巨大な絵が壁を覆い尽くすように飾られているわ。

朝食は必ずベッドで召し上がるお母様以外、みんなが揃うこともあればバラバラなこともある。

メニューはトーストやベーコン、卵料理といった定番品から生クリームと鱈が入った湿ったチャーハンみたいなケジャリーとかいうご飯料理とか、トマトと豆を煮たよくわからない食べ物なんかもあるわ。そして残念なことに、この世界で比較的マシな味付けの食事はこれで終了。

朝食が終わったらまた着替えて、ドレスやら化粧品やらファッションプレートについてみんなと相談する。

それがない日はコンパニオン兼家庭教師のミス・ノリスが絵画や家計の付け方、ピアノ、地理、歴史などを教えてくれる。

これはほんとにありがたかったわ。おかげで世界観を理解することができたもの。

「ベイエ会議で戦争よりも会議での政治決着がつくようになったわけです」

「ウィーン会議のことだわ」

「え？」

やだ、うっかり声に出してしまったわ。

設定が甘い世界だからか、現実世界の歴史とそんなに変わらなくしてあるのね。

ナポレオンの代わりに闇の皇帝と呼ばれたレオン一世が侵略していたようだけど。

「なんでもないわ」

私はミス・ノリスに笑顔で取り繕った。

ミス・ノリスはジェントリ、つまり紳士階級の娘さんだったのだけど、お父様が浪費家だったため、ご両親が早くに亡くなった後は経済的になかなか難しい立場にいた。

現代なら働けばいいんだけど、この世界ではレディができる仕事は家庭教師か、コンパニオン……お酒を注ぐお姉ちゃんじゃなくて令嬢の話し相手や一人で出かけられない時についてきてくれる仕事よ。とにかく、そのくらいしかなかったの。

あとは結婚するのが一番手っ取り早いのだけど持参金の問題もあり、結局エマの紹介で私のコンパニオンとして新しく雇われることになったの。

何しろ明るくて話が愉快だから飽きないし、スポーツが万能だからまさかの時も安心というわけよ。

食いしん坊のせいか、少しふくよかではあるけど可愛らしい人よ。

だからよい相手がいたら結婚できるように紹介してあげたいわ、持参金もつけてあげられるし。

それが終わったらまた着替えて、ランチをとる。

この時は大抵お母様と一緒で、時たまお父様もいらして家族団らんをするの。

これが大体十三時くらいで、献立にはサラダとスープ、ただ焼いただけの肉に血なまぐさいソースがかかったもの、よくわからない煮物、なぜか甘い味つけの肉、なまぐさい魚料理、フルーツのコンポート、あとはキッシュみたいなものが出る。

それが終わったらまた着替えて、令嬢達や王子様、聖女様を迎えいれたり、令嬢達の招待に応えて訪問したりという感じね。

その後はプロムナード、つまり散歩道に散歩に行くんだけど、これが一日の中でも大変大切な行事で一応名目上は健康増進のために歩くんだけど、本当に健康を考えて歩いてる人はいなんいじゃないかしら？　実際には社交でありファッションチェックやマウンティング（!?）のために歩くというものなのよ。

「今日のロートリング公爵令嬢の姿を見た？　シンプルな白いドレスに白薔薇《ばら》を身につけていらしたわ」

「あのウエスト見て、なんて細いのかしら、悔しいいい」

そんな声を聞きながら歩くのは最高に気分がいいわ。

だから私も腕によりをかけたドレス、帽子、日傘、手袋、レティキュール（十八世紀から十九世紀にあった巾着バッグみたいなものよ）を揃えて歩くんだけど、これも色々あったわ。

例えば帽子を被ったり被らない人がいるんだけど、現世の二十世紀初頭くらいまでは外出時に帽子を被らないことはパンツとズボンあるいはスカートを穿かないのと同じくらい恥ずかしいこと。だから帽子を被らない人がいると聞いた私が「ありえないわ!!」と声高く言ってしまったせいで、帽子手袋日傘は皆様の必需品として定着したの。

フィクションと歴史の違いを感じたわ。

というか、これじゃあ私が本物の十九世紀の貴婦人みたいね。

でもフィクションでありがたい部分もたくさんあるのよ。

中世のヨーロッパと違って衛生的だし、都心でも空気が綺麗なの。見かけではあんなに煙突があるのにどうしてかしら？　あとは道にもゴミ一つ落ちてなかったり、これは素敵よね。

医療もよくはわからないけど瀉血《しゃけつ》、つまり血液を出すことで症状の改善を求める治療法で中世から近世まで行われてきた間違った治療法なんだけど、それもなく。ハーブとかを飲ませるだけだから良かったわ。

もう少し発展して抗生物質とか、ファンタジーなら魔法薬があるとよりいいんだけど、そこまではないみたい。

もちろん一人で散歩なんかはさせてもらえないから、王子や聖女、あるいは陽気で顔が広い付き添い人《シャペロン》のチェスター男爵夫人かコンパニオンとしてミス・ノリスがついてまわってくれる。

散歩というと楽しげだけれど、こんな広がったでかいスカートで歩き回るのはなかなか大変。すぐ疲れてしまうわ。

基本常に涼しいから汗はかかないけれど、慣れないうちは花瓶を倒したり人をドレスで攻撃したり、扉を通れないなんてこともあったくらい。

ある時なんて、

『お嬢様、暖炉に近づくとスカートに引火しますよ』

『エマ、もっと早く言ってよ。もう火がついてるわ』

そんなふうに冷静に紅茶で鎮火させて事なきを得たけれど、こういうのも割とよくあることみたい。

こんな感じで基本的に私が一人きりでいることはないの。

だから寂しくはないわ。けど、うんざりはしているのよ。一人きりになりたいなら寝る時まで待たなければいけないんだもの。

話を戻して、散歩が終わると帰宅して着替えるの。そうよ、貴婦人は一日の大半が着替えなの。

この頃には十九時をまわっているから、そのまま夕食をいただくことになるわ。

これがくせもので、野菜、肉料理、魚料理、甘い食べ物、スープが一度にテーブルに出てきて、その中から好きなものを食べる方式。

自分の席から離れてるものは家族なら取り分けてもらえるけれど、晩餐会になると話は別。基本我慢して目の前にあるものしか食べられないわ。

あらかた終わると片付けられて、また新たなジビエやら魚料理やらが出てきて、それも終わるとチーズとか果物なんかのデザートのターンになる。

これが普段の日の夕食。晩餐会なら新たな料理が四回から七回出ることになるの。

無駄が多いけど、余った分は使用人が食べたりしてるみたいで無駄にはならない。

これはフランス式と言われる方法なんだけど、フルコースというと前世で一般的な一皿一皿来るロシア式のに慣れてるから妙な感じがするわ。

これもいつか変えられるなら変えたいわね。大抵の料理が常温で美味しくなく感じるし、内容もただ焼いただけだったり血なまぐさいお肉、それもシナモン、生姜、胡椒《こしょう》、丁子《ちょうじ》といったスパイスが効きすぎてるものとか、コンソメスープにパンと牛乳を加えて焼いて蜂蜜をかけて食べるような妙なデザートばかりなんだもの。なんとかしなきゃね。

夕食が済んだらコーヒーを飲んで、そのまま部屋を移ったと思えば、今度は紅茶を楽しみながらピアノを弾いたり話したりする。

場合によっては舞踏会やオペラに行くようだけれど、私はまだ行っていないわ。

事故に遭って記憶が曖昧《あいまい》な重病人という扱いだから。

だから今の私は二十四時には着替えて、顔を洗い、歯を磨き、もう眠りにつくことになる。

それが私の一日。

日曜日には教会に行くけれど、イマイチよくわからないミサがあって、座ってるだけ。

そういう優美な日々を過ごしていると、まるで元々この世界に生まれてきたような気がするわ。

そんなことを思いながら、今日もドレスを着せてもらう。鏡に映る私は今日も美しい。

「お嬢様、公爵ご夫妻がお呼びです」

「ありがとうエマ、何の用件でお呼びかわかる？」

「はい、デビュタントについてかと」

「デビュタント？　私、済んでないの？　とっくに終わってるかと思ってたけど」

王子様と婚約してるのに済んでないなんてあるのかしら？

「いわゆる社交界のお目見えや両陛下へのお目通しは済ませていらっしゃいますが、成人の行事としてのご参加を残されています」

「まぁ、しちめんどくさいわね」

私はぶつくさ言いながらも両親がいるという書斎に向かっていく。

私が若干イライラしているのには理由がある。

商会の売上がかなりよく、私はそのお金を使い、ある計画を実行することにしたのだ。

題して【イケメンゴリマッチョ育成ジム設立】そう、イケメンゴリマッチョがいないなら作ればいいじゃない。

というわけで表向きは【健康増進軍事トレーニング施設】として、ジムをオープンさせたのよ。

入会条件はただ一つ、イケメンなこと。

容姿さえよければ身分を問わずに鍛えられることが評判となり、かなりのイケメンがそろって育成が始まったわけ。

なのに、なぜだかなかなかみんな細マッチョから前に進まなくて悩んでいたんだけど、それでも希望を捨てずに鶏肉とかのタンパク質を食べさせては鍛えさせるというサイクルを繰り返していた矢先よ。

「エリザベート、今日は国王代理で参じた」

王子様はまた急にいらした。

この人の行儀作法はいつになったら良くなるのかしら。

「このたび、国民の健康、武力の向上に貢献した功績を称え、君に王家の秘宝である『テルミドールの月』を渡す」

なによ、そのテルミドールの月って。隕石とかならいらないわよ。

そんなことを思っていると王子は護衛の騎士から立派な宝石箱を受け取り、パカッと開けた。

「なんて素敵なのかしら」

そんな月並みな言葉しか浮かばないほど素晴らしいダイヤモンドのネックレス。あとで数えさせたら大小合わせて六八〇個ものダイヤモンドが使われていたのよ。博物館、国宝クラスだわ。

今の私にはふさわしい品だと思わない？

ネックレスを見た私は、王子様に今まで見せなかった天使のような笑顔を見せた。

「これを身につけた君を見たいものだ」

「こんな素晴らしいものを、本当に？」

私はおそらくダイヤモンドに目がくらんでしまったのだろう。

「国王陛下の命令だからな」

そう王子に書類へのサインを求められて、ろくに内容も見ずにサインしてしまったのだ。

「テルミドールの月の受け取りは、これで完了だな」

「国王陛下にお礼を言いに行かなくては」

「いや、俺から伝えておくし、そんなにありがたがることはない」

殿下が王子様スマイルで私に語りかける様子に我に返った。嫌な予感がするわ。

「どういう意味？」

「テルミドールの月と引き換えに、君の【健康増進軍事トレーニング施設】は国営化する」

「はあああああ⁉」

私は令嬢らしからぬ大声をあげてしまった。

やられた。

「契約書にサインしてあるし、なによりも国王命令だからな」

「謀ったわね……あら失礼。殿下、私、もう二度とあなたにお目にかかりたくありませんわ」

私は首飾りを手にして部屋を立ち去り、自分の間抜けさに少し泣いた。

私のゴリマッチョ計画があ……

でも、後で考えてみたら経営元が変わっただけ。

ゴリマッチョが生まれる可能性は高いままだから、めんどくさい経営なしに国宝級のダイヤモンドの首飾りを手にしたと考えたらいい話だった……そう思い直すことにして、憂さ晴らしは金と銀のドレスをベルタン嬢に注文するだけにした。

そんなことを思い返しながら、私は両親が待つ部屋に向かった。

「我が愛しい娘よ、日増しに美しくなっているな、さぁ座りなさい」

出迎えてくれた私の父、ロートリング公爵はハンサムだが、どこか線が細く儚げだ。

「本当に美しいこと……我が娘ながら見惚れてしまうわ……」

応接用の椅子に腰掛けた私に向かってそうつぶやいたのは、母であるロートリング公爵夫人。

こちらもまるで蜻蛉のように儚くて、風が吹いたら今にも倒れるんじゃないかと思うくらい。

侍女が用意してくれたお茶に優雅に口をつけていると、父が話を切り出した。

「実は、話というのは他でもない、デビュタントの件なんだが。行事の作法について、王宮で練習をしてもらえないかな？　昼には屋敷に戻れるから、その、なんだ、嫌がらずに通ってもらえないだろうか……」

落馬事故前の彼女の記憶がないからわからないけど、以前のエリザベートは引きこもりな感じで外に出ない人だったのよね。

まぁ、今は私なんだからそんなことはないのだけれど、ご両親は心配よね。

それにしてもデビュタントの練習を王宮でするなんて、貴族の子女としてありえないわ。

大抵は自宅に指導者を招いてお辞儀や後退りの仕方などを学ぶもの。やはりそこはこの世界が設定の甘いファンタジーだからかしら？

「はい、通いますわ」

「本当か！　良かった！」

私が即答すると、ロートリング公爵は喜び勇んで呼び鈴を鳴らした。

するとすぐに侍従達がやってきて、千夜一夜物語から出てきたかのようなダイヤモンドの数々が次々に持ち込まれた。

「え？　何？」

さすがの私も目を丸くしていると、ロートリング侯爵は自慢げに胸を張る。

「お前のデビュタント用に買い揃えたものだ、好きに使いなさい」

眩しくて前が見えないくらいだわ。

「ダイヤモンドは女の子にとって一番のお友達ですものね」

「あ……ありがとうございます」

全身ダイヤモンドなんてまるでコラ・パールやメイ・ウエストみたいだわ。

公爵令嬢としてはもう少しお上品に身につけたいわね。

そう思いながらも輝きに目が眩んで、つい呟いてしまった。

◇　◇　◇

翌日からさっそく、デビュタントに参加する年若い貴族達が王宮に集まることとなった。その様相はさながら小さな社交界といったところ。

私は前世ではあまりゲームなんかはしてこなかったけど、それでもすぐにわかる。

目の前の五人こそが間違いなく、ヒロインであるマリアンヌの攻略対象だと！

乙女の夢、ハンサムな王子様だけど、不作法なエドワード……はとりあえず置いておいて、

「お初にお目にかかります。わたくしはチャールズ・グレイビル・ハミルトンと申します」

「ハミルトン様、ごきげんよう」

貴族名鑑で見たわ。チャールズ・グレイビル・ハミルトンは伯爵家の嫡男で、確か外務大臣の息子だったはず。黒髪でイケメンだけど、体型は細めで顔立ちもあっさりした感じ。タイプ外だわ。

「ロートリング公爵令嬢、お久しぶりです」

続けて声をかけてきたのは、栗色の短髪の青年。短髪は良いわ。顔も良いんだけれど、やっぱり細いイケメン。久しぶりと言われても、わかるはずもない。顔見知りらしく名前を名乗らない青年に、私は優雅に微笑んだ。

次に話しかけてきたのは、ライトブラウンの豊かな髪を持った線の細いイケメンだった。

「はじめまして、私はジョセフ・ターナーと申します」

「ターナー様、お会いできて嬉しく思います」

ジョセフ・ターナーは知らないわ……貴族名鑑に載ってなかったと思うから、爵位のない紳士つまりジェントリなのかしら？　線の細いイケメン。ええ、もちろんタイプ外。

「はじめまして公爵令嬢、ルバート・セルドンです」

最後の一人、ルバート・セルドンは確か、財務大臣のセルドン公爵の嫡男。今は彼のお父様の爵位の一部を引き継いで、アーデン男爵の称号を持っているはず。プラチナブロンドの中性的なイケメン。もちろん論外。しかもブロンドだなんて私とキャラ被るんですけど。

「はじめまして、アーデン男爵」

そつなく挨拶をこなした私は、振り返った先でマリアンヌを見て、ようやく気がついた。

やばい。私、マリアンヌのこと忘れていたわ。

「聖女様、わたくしから皆様をご紹介させていただきますわ」

マリアンヌは聖女で、私より立場が上なのだから、本来ならマリアンヌに先に皆を紹介しなければならなかった。でもマリアンヌは気がついていないし、これで上手くカバーできるはず。

マリアンヌが聖女であることに気がついたのか、皆さん積極的に自己紹介してくれたからホッとしたわよ。

おかげで名前のわからなかった短髪イケメンが、ウィリアム・ダーシーだとわかったわ。

お父様のダーシー侯爵は国防・軍事大臣。ウィリアム・ダーシーとエリザベートがいつ出会ったのかは謎だけど、きっと私が彼女に成り代わる前ね。

全然タイプじゃないけど、まぁ皆さん女性には人気そうよね。この世界のヒロインであろうマリアンヌは、きっとこの中の誰かと結ばれるのだろうけど……

私のイチオシはエドワード王子よ。不要な権力争いを避けつつ、神権政治ができるから良さげよね。

逆にウィリアム・ダーシーは避けるべきだわ、父親が軍事大臣ならば王家と並び立つ聖女を擁するのは国内の不和の元になるかもしれないから。

自己紹介を終えた後、マリアンヌがこっそり声をかけてきた。

「エリザベート様、ありがとうございます！　男性だらけで気後れしていたのですが、ご一緒だったので勇気が出ました」

「まぁ、マリアンヌ様……わたくしもですわ」

私達はそのまま礼儀作法の指導役に習い、デビュタントについて学ぶことになったが、大したことはなかった。礼儀作法、いくつかの手順の繰り返しね。

「なかなか行儀作法は難しいですね。けれど、エリザベート様は完璧ですのね。習うどころか、あの厳しいノアイユ伯爵夫人に対して間違いをやんわり指摘するなんて！」

ノアイユ伯爵夫人は宮廷の礼儀作法を執り仕切る女官で私達の指導役だった。予期していた通り、設定の緩い世界らしくこの国の礼儀作法は系統化されていないみたい。そのせいで私があれこれ指摘してしまい、指導役の彼女は最後には萎縮してしまっていたわ。

ごめんなさいね、ノアイユ伯爵夫人。

帰宅した私は夕食後、部屋に戻り、満月をバルコニーから眺めながらため息をついた。

「あぁ、私好みのゴリマッチョなイケメンはどこにいるのかしら……」

その時、下からゴソゴソと妙な音がした。

（くせもの!?）

そう思った私がバルコニーの下を覗き込むと、月明かりに照らされて見覚えのある顔が浮かび上がった。

「あなたは、ダーシー家のウィリアム様ではありませんか？」

そう、不法侵入してきたのは昼間王宮で会った、エリザベートと顔見知りらしい短髪君だった。

「ごきげんよう、ロートリング公爵令嬢」

「まぁ、どうしてここへ？　壁は高いから登るには苦労なさったでしょうし、不法侵入は犯罪ですよ」

そう尋ねると、ウィリアム・ダーシー様はしゃちほこばった様子で滔々《とうとう》と話し出した。

「幼き日に会ってから募るあなたへの恋心が今日の再会で確信に変わったのです。この恋は壁など容易く越えさせることができ、あなたへの愛は死さえも恐るるに足りぬものにしてくれました。あなたの黄金の髪はまるで日の光のように美しく輝き、その唇の赤さにはあの紅薔薇《ばら》でさえ恥じらうでしょう。庭に咲く清らかな白百合でさえ頭を垂れてあなたの肌には敵わないと降伏しているではありませんか。そんな美しいあなたを愛さずにいられる人が果たしているのでしょうか？　いや、そんな人はいますまい、あなたこそ伝説に謳われた、花と豊穣の女神フローラそのものに違いない！　でなければ、このように美しいはずがないではないか！」

「あんた、話がクソ長いんだけど……」

「え……？」

ダーシーはぽかんとした間抜け顔をさらして私を見つめている。

あたりには夜の静寂だけが存在しているみたい。

星や月、草木も息を止めているような気まずさが踊っている。

やだ、うっかり本音が出てしまったわ。

一人で盛り上がってるみたいだけど、私はうんざりよ。ゴリマッチョならともかく、ただの細い男子だもの……。もう、話は終わったかしら？　爆竹でも投げてやりたいわ。

「申し訳ないのですが、実は私、ダーシー様のことを覚えておりませんの。それに私はエドワード殿下の婚約者ですし、いずれにしろダーシー様は私の好みではないんです」

そう言うと、ダーシー様は気を取り直した様子で尋ねてきた。

「それは僕がゴリマッチョじゃないからですか？」

「はい、さらに言えば雄度が足りないんですよ」

「お……雄度？」

「はい、男らしさみたいなものです、なんというか皆さん髭《ひげ》やムダ毛もないし、綺麗すぎるのよね。体も細くて……」

「な……ならば雄度が高ければ恋愛対象になると？」

結構食い下がるわね。

「そうね、考慮するレベルにはなるけど、内面はもちろん、資産状況や政治的配慮も関わるわね」

「資産……政治的配慮……なかなか要求が高いですね」

「わたくし、わがままで悪い女ですのよ」

今のセリフ決まったわ！　昭和の名女優みたいじゃない？　一度言ってみたかったのよね。

「わかりました、今日のところは引き上げますが、必ず雄度を上げてあなたを虜《とりこ》にしてみせます！」

そう言うとダーシー様は再び壁をよじのぼり出て行った。

「あんな細いのに軽々とよく登れること」

私は呼び鈴を鳴らした。

「お嬢様お呼びでしょうか」

「エマ、屋敷の警護をより厳しくしてちょうだい。ネズミが入ったから。もう追い返しましたが」

「はい、かしこまりました」

それにしてもこの世界、軍人ならマッチョがいるかと思ったけど、みんな細マッチョ止まりでツルツルなのよね。

信じられる？　ひげもないのよ？　あの分だと下までツルツルなんじゃないかしら？

「あぁ、神様！　私の夢のゴリマッチョはどこにいるのかしら」

私の願いはこの世界ではなかなか叶いそうにはありません。

◇　◇　◇

翌日は宮廷の一室でデビュタント用のトレーンの長いドレスで、優雅にお辞儀して後退りしながら下がる練習に時間を費やしたわ。

私？　完璧よ、当たり前じゃない。

他の令嬢は後ろ向きに思いっきりこけてましたけど。

「エリザベート様！」

「なあにマリアンヌ様？」

可愛いマリアンヌもこけてなかったわね、さすがはヒロイン。

「これからランチなんですけど、息抜きも兼ねて街に行きませんか？」

街は商会に何度か足を運んだくらいだから行きたいわ。一人でぶらぶら歩いたりしたらとんでもないことだけど、付き添いのミス・ノリスをつけて歩くのならば良いでしょう。

「あらいいわね、行きましょう。でもその前にうちに帰って町中に溶け込めるような服装に着替えましょう」

私はそう言うってマリアンヌと自宅に戻り、背格好が似ている使用人に服を借りて町へと繰り出していく。

馬車を降りて町の中心部を歩いて行く。石畳の美しい町並みはフランスのコルマールを思い起こさせた。

「私、平民に見えるかしら？」

ふと気になり、マリアンヌに聞いてみた。

「平民に見えなくはないですが、いずれにしても美貌が強すぎて目立ってます」

今度変装する時は顔を隠すか、メイクで誤魔化すしかないわね。

それに比べてミス・ノリスは服装が替わると本当に目立たないわ……。

「美味しいお店があるのでそこに行きましょう！」

マリアンヌはウキウキした様子でそのまま柱にぶつかった。

「あなた浮かれすぎよ、大丈夫？」

「あはは……大丈夫です！」

「淑女らしく、落ち着いて行きましょうよ。あなた、聖女様なんだから」

「はい、エリザベート様」

私を無邪気に慕うその顔を見て、いつの間にか口を開いていた。

「マリアンヌ様、誘ってくださってありがとう。普段は街中を自由に歩くなんてできないから嬉しいわ」

「私こそ、エリザベート様とご一緒できてとても嬉しいです。聖女になってからはみんなが私を避けてひとりぼっちでした……でもエリザベート様が近くにいてくださるから、私は幸せです」

こんなに周りに崇拝者がいるような明るい人でも孤独を感じるものなのね。

「私達似てるわ……」

マリアンヌが首を傾げる。その顔を見ながら私は続けた。

「私はみんなから〝みんなとは違う〟って言われてきたわ、良い意味でも悪い意味でもね……人は一人で生まれて一人で死ぬのだから、あなたも私も孤独に慣れなくちゃいけないと思う。でもね、矛盾しているようだけど同時に、人は一人では生きられないものよ。だからお友達と呼べる人がいたら、少しは楽しいのではないかしらと思うの。だから……」

「エリザベート様、私達はお友達ですよね」

「ええ、あなたは私のはじめてのお友達だわ」

そう言って二人で笑い合う。

「マリアンヌ様、街ってこんな感じなのね」

「はい。私も聖女になる前に何度か来たことがあるのですが、賑やかで楽しいですよね」

今歩いてる地区は城、貴族の住まいに近い場所。そのせいかなんとなく上品でオシャレな雰囲気があるし、上流階級向けのアクセサリーやドレスのお店、私の商会などもある。

しばらく歩くともう少しごちゃごちゃしたエリアに入る。今までが前世で言うパリなら、ここはドイツやチェコの田舎町みたいな雰囲気で可愛く、赤煉瓦《れんが》が映える風景だ。

「マリアンヌ様、この辺りに本屋さんはあるのかしら？」

「ありますよ！」

「昼食を食べたら、本屋さんに行きたいわ」

「もちろんです、エリザベート様は本がお好きなんですか？」

「ええ、好きなの。例えば……遠い国で決闘や魔法や変身した王子様の話なんかがね」

「わぁ！　面白そうですね」

でもきっとこの世界にはない物語だろう。

「今度お話ししてあげるわ」

「楽しみです」

「さぁ、ランチのお店はもうすぐかしら？」

「はい、あそこです」

示された方には、蜂蜜色の外壁に藁葺き屋根というおとぎ話に出てきそうな可愛らしいお店が見えた。

「あら可愛い。素敵なお店ね」

「そうなんです！　味も保証しますよ」

私達はお店に入って席に座った。

賑やかなお店には人がたくさんいてスパイスや肉の焼ける匂い、ビールの香りがたちこめている。

「おや、奇遇だね」

ふと、聞き覚えのある声が聞こえてきた。

「ジョセフ・ターナー様⁉」

振り返ると、攻略対象五人組の一人、ジョセフ・ターナーがいた。まさか、こんな街中の食堂で声をかけられるとは思わなかった。

「聖女様と女神様が街に出られるのをお見かけして、ついてきてしまいました」

「あら、ジョセフ様は令嬢の尻を追いかけ回すような色男さんでしたのね」

「………」

ジョセフは笑顔のまま黙り込んだ。

「エリザベート様、ターナー様はきっと心配して来てくださったのだと思いますよ」

「はい、聖女様。その通りです」

「そうなのですね。マリアンヌ様、そろそろ何にするか決まった？」

尋ねると、マリアンヌは私の顔とターナーの顔を見比べる。

「エリザベート様、ターナー様を無視したら可哀想ですわ」

「無視などしておりませんわ」

「ならばターナー様もご一緒してもよいですわね」

はぐらかしたつもりが、マリアンヌにそう決められてしまった。

「……いいわ、どうぞご一緒しましょう」

「ありがとうございます」

そういうわけで三人でお食事をすることになった。

私はマリアンヌにメニューを決めさせて辺りを見渡しながら来るのを待った。

やってきたのは野菜のポタージュにローストチキン。

「このローストチキンは美味しいわね。しっとりしていて」

そう口にすると、マリアンヌが嬉しそうに笑った。

「気に入っていただけて良かったわ」

「あぁ、そうだわ」

私はふとターナー様に聞いてみた。

「ターナー様はどんな絵を描かれますの？」

「えっ……！」

それを聞いたターナー様は異常に動揺している。

まさか裸婦画中心なのかしら。見かけによらず……

「なぜ絵を描くと知っているんですか？」

そういうことね、と私は自分の推理を話してあげることにした。

「油絵の具の香りがするのと、指の間に微かに絵の具がついてますわ、ほら服にも」

「よく見れば確かに。エリザベート様、目の付け所が細かいですね」

「マリアンヌ様、なんかその言い方嫌だわ」

「……実は画家になりたいんだ」

ターナー様は穏やかに話し出した。

ブルジョワ家庭に生まれて様々な勉学に励む中で絵画に出会い、描くことで幸せになれた。

しかし両親は自分に将来的には大臣になってほしいと考えていて、貴族令嬢と結婚して後ろ盾を作り、立派になれと言われている。

……ってな話を、ちんたらされたわけよ。

「なら絵も勉強もして、貴族の娘とも結婚して、アカデミーグランシュクレーズの会長にでもなればいいじゃない？」

ああ、アカデミーグランシュクレーズは王立学術団体で文学、芸術などの分野に対する評価、金銭的援助、コンクールなどを行っているところ、現世のアカデミーフランセーズと似てるわね。

「え？」

「会長になれば好きなだけ権力を使って画家にでもなんでもなれるわよ。人生どちらかしかないなんてことないわ。どっちもやりなさいよ」

「ロートリング公爵令嬢……やはり、あなたは女神だ！　大胆な発想と知恵、行動力がずば抜けている」

私の言葉を聞いたターナー様は、感じ入った様子でぎゅっと両手を握り締めてきた。

「ありきたりな褒め言葉だけど受け取っておくわ、さぁ、あなたの絵を見せてもらえるかしら？」

「よろしいのですか⁉　それでは、私のアトリエにお越しください！　もちろん今からでも」

はやるターナー様を押しとどめて、店の物陰に向けて声をかける。

「エマ、悪いけどエドワード殿下に来るように使いを頼んでくださる？　それまでは私の側付きのミス・ノリスにいてもらうから平気よ」

「かしこまりました」

「え？　エマさんに？」

いつのまにかそばにいたエマとノリスがマリアンヌに向かってお辞儀をする。

「マリアンヌ様、貴婦人が一人でブラブラするなんてありえませんわ。お忍びに見えても、きちんと召使いがついてるものよ。あなたのお付きの方もいるわよ」

「シャーロットさん！」

マリアンヌはエマの後ろにいる自分のお付きの女性を見て、驚いた様子だった。

そういえば、マリアンヌにも色々教え込まなきゃいけないんだった……

それからエドワード殿下がいらっしゃるまで、マリアンヌにマナーや淑女の常識について叩きこんでやった。

「聖女様、エリザベート嬢、お待たせしました」

殿下は知らせを受けてすぐにやってきた様子だった。

「ターナー様の絵を見にいきたくて。エスコートしてくださるかしら？」

「デートですね」

「エスコートです」

誤解している殿下に釘を刺し、ターナー様のアトリエに向かう。婚約者と同伴でなければ、妙な誤解を招きかねないもの。

「……ふーん」

薄暗いアトリエには油とカビが混ざったような奇妙な香りがしてくしゃみが出そうになる。

お片付けという言葉が辞書にないのではないかというような、カオスな散らかり具合。

そんな部屋に置かれている描かれた絵は明るく、そこだけが美を宿していた。

想像より遥かに上手いわ。

この風景画はタッチは粗いけど雰囲気が出てるわ。

でもこの人物画は筆の跡が完全にわからないくらい繊細に描けてる。

画風が安定してないけど、才能豊かだわ。

「ターナー様、わたくしの肖像画を描いてくださらない？」

「ロートリング公爵令嬢の？」

「サロンに飾る絵が欲しいのよ」

「……それは本当ですか？」

「エリザベート、私は反……」

ええ、エドワード殿下が反対するだろうってのはわかってる。

「二枚描いてくださいな、一枚はエドワード殿下に」

「エリザベート、それは素晴らしいアイデアだね！」

一転、エドワード殿下がころりと機嫌を良くして言う。

それを見たマリアンヌは、

「エドワード殿下……」

ほら、ドン引きよ。

マリアンヌだけじゃないわよ。みんなドン引き。

「ターナー様、私の肖像画についてお願いがありますの……」

そう言って、私はターナー様の耳を借りた。


――それから数週間後のこと。

「素晴らしい出来だわ、ターナー様」

「光栄です」

出来上がった肖像画は見事なものだった。

シンプルなブルーグレーの宮廷服を身につけた私が薔薇《ばら》の花を持ち、背景にはたくさんの図書、地球儀、楽譜などが描かれており、文化、政治、音楽を束ねている女王のイメージで描かせたわ。

しかも、絵の具ではなくパステルでね。

読み通り。パステルで描かせることで早く、柔らかく、油絵と違った雰囲気で仕上がったわ。

「……私も描いてもらいたいな」

「かしこまりました。聖女様」

ターナー様は礼儀正しく感情を隠そうとしているが、うれしそうな様子が口元に現れている。それにしてもマリアンヌは良い子だわ、思った通りの反応をしてくれる。

「私は納得いかないな……エリザベート嬢はもっと綺麗だ」

「まぁエドワード殿下ったら意地悪を言うのですね……殿下には特別な絵を差し上げようと思いましたが……やめましょう」

「特別な絵？　それはなんだ？」

予想通り王子は食いついてきた。

「わたくしのお願いを聞いてくださるなら、差し上げますわ」

殿下は少し迷った様子だが、やがて頷いた。

「なんなりと」

「では王室公認で芸術サロン展を開きましょう」

「サロン展？」

「様々な身分から芸術作品を集めて審査し、優秀な作品は王室で買い上げて、さらに優秀な芸術家を支援するの」

「……エリザベート、それは素晴らしいアイデアだな！　すぐに開催できるように陛下に話してくる」

目を輝かせたエドワード殿下は風のように去っていった。

「特別な絵ってどんな絵ですの？」

マリアンヌ様は殿下が去るとすぐに聞いてきた。

「これよ」

私が布を外して見せたのはまったく同じポーズに、まったく同じ薔薇《ばら》を持つ私の肖像画。

違うのは……

「寝間着姿ですか!?」

「いえ、夏用に新しく考案した古代の女神風ドレスよ」

薄い白の透けるようなモスリンで作られたドレス。ウエストには金の帯をしている。

「夏……、確かに素敵ですね」

「でしょ？」

「しかし、殿下には刺激が強いかもしれません」

刺激が強いって言うけど、デコルテが開き気味で、髪を結わずに下ろしているだけなのに。

まあ結っていない髪型はこの世界では寝室でしか見られないから、その意味で刺激的なのかもね。

「いいわよ、一応婚約者だし、減るもんじゃないし」

そんなこんなで第一回芸術サロンが開催され、ターナーの絵はもちろん入選。

王室側も芸術を利用した政策が取れて、ウィンウィンというやつだ。しかし芸術サロン案が私からだとあの王子が広めたため「美と芸術の女神」と私は言われるようになった。

まぁ悪い気はしないから、絵は殿下に差し上げましたわ。

夜のおかずにでもするといいわ。

ターニングポイントは気高く旋回する

「エマ、どうでしたか？」

その日、私は真剣な顔で報告に来たエマに問いかけていた。

「はい。……軍人など様々調べさせましたが、お嬢様が望むゴリマッチョはいませんでした」

「では、商会を通じて各国にいないか調べ上げてちょうだい、私にはゴリマッチョが必要だし、ゴリマッチョがない人生なんて考えられないわ」

ゴリマッチョを見つけるその日まで、諦めないわ。

私は忙しい思いをしながらもマッチョを探し続けている。だって、せっかく美女なんだからノンケのゴリマッチョを虜《とりこ》にしたいわよね。

「お嬢様、しばらくの間、外出は控えられますように」

「まぁエマ、どうして？　私がゴリマッチョ、ゴリマッチョとうるさいから悪い評判でも立つと？」

「そんなこと思ったこともありません」

「じゃあなんで？」

「疫病が流行りだしましたので」

「疫病？　何かしらインフルエンザ？」

「いんふる……？　いえ、よくわかりませんが、発熱と咳の症状が出て、最悪の場合、死に至る病だということです。一応治療法として瀉血《しゃけつ》で対策を行っているようですが」

「瀉血《しゃけつ》ですって？　あの悪い血を出して治す的な考えのやつよね」

「はい」

「まったく、そんなことしたら弱るだけじゃない。ファンタジーなんだから、なんか魔法とかで治せないの？」

「魔法なんてないですよ」

聖女がいるのに魔法がないなんて馬鹿げてるわ。ほんと、どういう世界なのかしら。

「いずれにせよ血を出す瀉血《しゃけつ》なんてやったらだめよ。薬を飲ませなきゃ」

「薬があるのですか」

「抗生物質とか……待って、抗生物質って何かわかる？」

「こうせいなんとかの意味すらわかりませんが」

そうか、舞台のモデルである十九世紀頃にはまだ抗生物質はなかったのね。ペニシリンはもう少し後か……

「現在、聖女マリアンヌ様が病の終結と治癒のため祈りを捧げてます」

「そんなことより消毒とか衛生に気を使った方がいいんじゃないかしら？　手洗いうがいとか」

「なぜ、手洗いとうがいを？」

「手はばい菌がつくからこまめに洗わないと汚いし、うがいもそう。喉についた菌を洗い流すの」

「ばい菌？」

「嘘でしょ……」

細菌の考えすらまだないのね……

でもこのままじゃ感染は集団免疫がつくまで拡大するだろうし、私一人ではさすがにペニシリンは作れない。どうしたらいいかしら。

考え込んでいると、ノックが聞こえた。

「どうぞ、お入りになって」

ドアを開けて入ってきたのはチェスター男爵夫人だった。

結婚前の令嬢には、各々社交界で令嬢を見守り、補佐して助ける役割をする付き人がいるのだけれど、チェスター男爵夫人は私の付き人だった。

黒髪で立派な眉毛をしていて、社交界では酒にけっして酔うことはない大酒飲みという異名を授かるほどお酒飲み。

チェスター男爵領は南の方にあって、自然が豊かで晴れることが多いからワイン作りが盛んらしい。チェスター男爵夫人が酒豪になったのもきっとその影響ね。

噂ですけど酒樽を一人で空にしても平気なんですって。

でも社交界の情報通の顔もあって、誰がどれぐらいの資産があるとかスキャンダルがあるとかについても細かく知ってるし、金勘定もできて仕事でミスしないのよ、不思議だわ。

「チェスター男爵夫人、ごきげんよう。どうなさいましたの？」

「大変ですわ、今夜のハミルトン家での夜会は中止です」

「疫病が流行ってるからかしら？」

「ご子息のチャールズ様が感染して死の床だとか」

「何ですって」

ハミルトン様は五人組の一人で、私にも初めに声をかけてくれた外務大臣の子息だ。あの感じのよいハミルトン様が苦しんでるだなんて、さすがに心が痛む。

この流行病のせいでパーティーが台無しになるのも嫌だわ、私に何かできることはないかしら……

「エマ、ニンニクと蜂蜜と赤ワインと生姜、ねぎ、ミント、ローズマリーを持って来てくださるかしら」

私の言葉を聞いて、有能なエマがすぐに準備に向かう。

「あと、すり鉢、まな板、包丁も」

「わかりました」

エマが用意をしてくれている間、私は植物図鑑を取り出して何かほかに良さそうなものはないか探すことにした。紅茶の時のように名前の違っている植物もあるかもしれない。

「何をお探しですか？」

残されたチェスター男爵夫人が手伝いたいという様子で声をかけてきた。チェスター男爵領……待って、そうだわ。

「チェスター男爵領は南の方でしたわね？」

「はいそうですが……」

「ワイン以外にも蒸留酒は作ってる？」

「はい、でもレディが飲むようなものではありませんよ。ワインを搾《しぼ》った滓《かす》で作るものですし、アルコールが高いから酔うのが好きで飲むようなものですよ」

「いいの。たくさん送ってもらえるかしら？」

チェスター男爵夫人は二つ返事で頷いてくれた。

「それなら香水用に何度も蒸留したものがありますから、そちらを送らせましょう。いくつか手元にあるかもしれませんから、部屋を見てきますわ」

「男爵夫人、ありがとうございます。助かりますわ」

男爵夫人が部屋を出ていくと、入れ替わりにエマが何人かのメイドと共に依頼した材料を持って来た。

「ありがとう」

「いえ。この後はどうすれば？」

「とりあえず、生姜、ニンニクは皮をむいて蜂蜜を加えてすりつぶしてちょうだい。ねぎ、ミント、ローズマリーは細かく切って、これも蜂蜜の中に加えていくの」

有能なメイド達はさっそく伝えたレシピ通り、手順に取り掛かっていく。

「お嬢様、窓を開けた方がよろしいかと」

「確かに臭いわね。そうしましょう」

「それから、念のためシナモン、丁子《ちょうじ》、ターメリック、胡椒《こしょう》、アニスを持ってきました。今回のような流行病では、魔除けに使うので」

そうか、まだ一部のハーブやスパイスは魔除け感覚なんだわ、このあたりも十九世紀頃とそんなには変わらないのかもしれないわね。

意外と経験に基づく迷信は馬鹿にできないものよね、科学的にも殺菌の効果があるとのちにわかったのだから。

「ありがとう。ついでだからみんな入れましょう」

私はすべて混ぜ合わせて練り、ワインを加えて伸ばしていった。硬めのペースト状にまとまったそれを、飲めるくらいの大きさに丸めたら完成。

「これは？」

「一応、薬のつもりよ」

「匂いがすごいのでそれだけでも効きそうですね」

「あとは……」

扉をノックする音が聞こえ、エマが開けるとチェスター男爵夫人が両手いっぱいにボトルを持ってきた。

「まぁ、男爵夫人ありがとう」

「たくさんありましたから持って来ましたけど、何で割って飲みます？」

「飲まないのよ」

「え？」

「消毒に使うの。ええっと、説明が難しいわ、なんていうのかしら……病気や風邪っていうのは、ウィルスや細菌っていう目に見えないくらい小さな、虫みたいなものが引き起こしてるの。で、身体に入る前なら大抵アルコール度数が高いもので拭いたりすると死滅するの。だからアルコールで手や触ったものを拭くと、病気や風邪になりにくくなるの。それが消毒」

二人は納得したのかしていないのかわからない顔をしていたが、とりあえず信じてはくれたみたいだった。

「よくわからないけど、病はアルコールに弱いからそれで退治できるということでしょうか？　だから私は風邪を引かないのかもしれません。いくら飲んでも酔わないので、昔から水代わりに飲んでいましたけれど、これも消毒というわけですね」

とんだ酒豪発言ね。でもそれは違うと思うわ。

「それでは、この臭い塊はなんでしょうか？」

エマが訝《いぶか》しげな表情でさっき作ったものを指差す。

「ハミルトン様に飲ませる薬よ、一日三回、一週間分あるわ。今から届けに行くわよ」

支度をしようとすると、エマに首を振られてしまった。

「危ないですから、わたくしが代わりに参ります。このお酒の使い方を教えてください」

「ハミルトン様の部屋を中心に、屋敷の消毒に使うように話して。それからハミルトン様の看病をする方は鼻や口をスカーフで覆うように」

「かしこまりました。そのように伝えます」

そう言ってエマが数人のメイドと引き下がったのを見て、私は余った丸薬を口に入れてワインで流し込んだ。

「息が臭くなりそうだし、胃が焼けそうね」

それは現実となりニンニク臭い中、胃もたれして一日中過ごす羽目になった。優雅じゃないわ。

それから三日が過ぎて、ハミルトン様が丸薬のおかげで持ち直したことが知られると、私は医師に殺菌や消毒について話し、とにかく清潔の重要性を伝えた。

幸い理解が得られて、私の丸薬は胃もたれしないよう、少しマイルドに調整の上『美神丸薬《びしんがんやく》』という、いかにも漢方にありそうな名前で処方されるようになった。

また、手洗い、うがい、消毒の考えが広まっていき、もともとファンタジーだから綺麗だったけど、より衛生的な世界に変わってくれた。

そして謎の病は無事に消え去っていった。よかったわ、でも風邪ひかないように私も注意しなくちゃね。

「お嬢様、ハミルトン様がお見えになりました」

美人丸薬の評判が広まった頃、エマがハミルトン様の訪問を告げた。

「元気そうならオランジュリーにご案内して」

「そのように致します」

「わたくしもすぐ向かいますわ」

オランジュリーは庭に設けた柑橘を育てるための窓がたくさんある建物のこと。前世でいう温室、コンサバトリーと同じようなものね。

温かさがある建物だし、病み上がりでも居心地がよいはずだわ。

「ロートリング公爵令嬢」

ハミルトン様は以前会った時と同じか、それ以上に顔色がよく見えた。

「ごきげんようハミルトン様、体調はいかがですか？」

「おかげさまでこの通りです。今日は命の恩人であるあなたに直接お礼がしたくて」

神を拝むような勢いでお礼を言うハミルトン様の様子に苦笑しそうになりつつも、本当にいいことをしたなと思えて、自然に笑みが浮かぶ。

「まぁ気になさらないで、私はすべきことをしたまでですもの。むしろチェスター男爵夫人に感謝をしてくださいな。あんなにもたくさんのアルコールを、迅速にもたらしてくださったのだから」

「マリー・エリザベート様ったら、褒めてもお酒は出ませんよ？」

やだわチェスター男爵夫人、お酒飲んでるのか陽気すぎるわ。

「しかし、あなたにはどうして医学の知識が？」

「え？　……あぁ、それは、神の声を聞きましたの」

「やはりそうでしたか！」

この世界で答えられないことは、全部神様に聞いたって言えばみんな信じるからよかった。

信じるものは救われるっていうのはある意味本当ね。

それにしても、ハーブなんかの栽培できるものは、有事に備えていくつかどこかで栽培しておきたいわね。医学が発達してない以上は自分でなんとかしなくちゃいけないわ。

私はそんなことを考えながら、感服した様子のハミルトン様を見送り、沈みゆく夕陽を眺めてため息をついた。

◇　◇　◇

「にしてもだ、ロートリング公爵令嬢は恐ろしいな」

私は王宮の廊下で五人のイケメンズが話しているのを聞いてしまった。

たくさん人がいる廊下で話すのが悪いのよ、これじゃ聞いてくれって言ってるようなもんじゃないの。

「芸術サロンの案も彼女だし、お茶の時間を発明したのも彼女、軍事学校設立も彼女、さらには化粧品、ファッション誌、陶磁器の工房まで……」

エドワード殿下はその長いまつ毛を震わせて悩ましげな深いため息をついている。

「陶磁器の工房だって？」

すっかり元気になった様子のハミルトン様が聞き返した。

「あぁ、ロートリング領にロートリング窯《よう》を設立して、お茶道具だけでなく様々な陶磁器を生産しているらしい。王室のみならず海外にも輸出してるってもっぱらの評判だよ」

「そんな有能な令嬢が婚約者なんて、逆に荷が重いな……」

ハミルトン様が同情した様子で殿下に言う。

「そうなんだよ。それだけならまだしも、彼女は私を好きではないようだ……」

「なんでもロートリング公爵令嬢の好みはゴリマッチョで雄度の高い男だそうだ」

ウィリアム・ダーシーは腕立てしながら答えた。

「雄度？」

ダーシー以外の全員が聞き返した。

「あぁ、野性的で力強く、筋肉がムキムキで、髭《ひげ》とか無駄毛があるような男が好きだそうだ。軍事学校設立もそんなマッチョを育成するためだったという」

「……」

みんなが一斉に黙り込んだ。

そうよね、皆さん真逆ですから。

「なぁ、軍事学校のトレーニングルームに行かないか？」

殿下はみんなにそう呼びかける。リーダーシップ発揮か。

「お供します！」

私は微笑ましくそんな五人を見送った。

ゴリマッチョにおなりなさい……私好みの……

前世で付き合ってきた彼氏も基本ラグビー部、アメフト部、ボディビルダーとマッチョしかいなかったのよね。

だからこの世界はなんていうか筋力が足りなくて本当に物足りないのよ。みんな小綺麗な分、男臭い野郎がゼロっていうね……

そんなことを思いながら五人の野郎候補の背中を見ていた。

それから半月後、私は可愛い聖女様と落ち合い、街をブラブラして、街角のカフェでひと息をついていた。

「――エリザベート様、最近軍事学校でトレーニングを始める殿方が多くなったそうですよ」

「あら、そうなの？　良い傾向じゃないかしら」

「そうですね」

「男って何歳になってもお馬鹿さんなのよね」

「そう言って、可愛いって思ってるんじゃないですか？」

「ないない、私が可愛いって思うのはゴリマッチョがケーキ食べてる時くらい」

「……ちょっとそれ、わかんないです」

「やだ、引かないでよ」

可愛いらしいシューアラクレームにマカロンが運ばれてきて私達は静かになった。

めいめいマカロンを手に取り、無心で口に放り込む。

爽やかな花の香りにお菓子が焼けるあの独特な甘い香りが合わさってなんとも言えない気持ちになる。

追加でクロワッサンとカスタードプディングを頼んでしまった。

「最近、エドワード殿下に絡まれなくて快適だわ」

「そういえば、最近、殿下に避けられてますね」

「肖像画のおかげね」

マリアンヌはわからないという表情で首を傾げる。

「聖女様は知らなくて良いことよ」

私の髪を下ろしたドレス姿の肖像画はエドワード殿下には下着姿のように刺激的だったらしく、有効に活用されてるみたい。最近では私の顔を見ると顔を真っ赤にして立ち去るからわかりやすい。

まぁ、若いっていいわよね。

「マリアンヌ様にお好きな人はいないの？」

「私ですか？　いないですね……。というか最近、エリザベート様の影響で私もゴリマッチョがいいなって思うのです」

「やめてちょうだい。ただでさえゴリマッチョが枯渇してるのにライバル増やしたくないわよ。マリアンヌ様はエドワード殿下にしておきなさい」

「え？　自分の婚約者すすめます？」

「いらないのよ。タイプじゃないから」

そう両断すると、マリアンヌが困った顔をする。

「第一王子ですよ？」

「私、今のままで充分に身分が高いから、プリンセスになんてならなくてもいいの」

「プリンセスっていうか女神ですからね」

「あら、マリアンヌ様は正真正銘の聖女じゃない」

揶揄《やゆ》するような言い方をするマリアンヌに微笑み返す。言うようになったじゃない。

「聖女ですけど、今はモンスターもいなくなってしまいましたから。することなんて豊穣の祈りだけですよ」

「みんなに崇《あが》められて、愛されて、いいじゃないの」

「エリザベート様も崇《あが》められてますからね」

マリアンヌがつんと唇を尖らせる。

「私はいいのよ別に。ゴリマッチョさえ手に入れば」

「やはりそこですか……」

「旅に出たいわ……。ゴリマッチョを探す旅に」

まだ見ぬゴリマッチョに思いを馳せて、遠くを見つめる。

「そこまで思い詰めているのですか？」

「まあね。でも、私ったら忙しいのよね」

商会の仕事、芸術サロンの評価委員、ドレスのデザイン、化粧品のレシピ考案、陶磁器のデザインと管理。軍事学校は王室管理になったけれど。トレーニングルームが盛況なら、かえって良かったかもしれないわ。マッチョは好きだけど管理には手が回らないもの。

前世の私は西洋文化史の講師だったけれど、結構有名だったのよ。本が当たって、印税とテレビタレントとしての収入でコスメや服のブランドなんかを展開して。その経験が少しは役に立ってるみたい。人生何がどうなるかわからないわぁ……

「確かにお忙しそうですね……」

「だからこうして可愛い息抜きも必要なのよ」

私は紅茶に砂糖を追加してよくかき混ぜた。

「でも、エリザベート様。私思うのです……。きっとゴリマッチョはエリザベート様が本当に必要になった時に現れると」

あら、良いこと言うじゃない。

「そうね。希望は捨てないわ。いつの日かきっと、夢は叶うもの」

「その通りですわ！」

「いつの日か、ゴリマッチョと一日中【悍《おぞ》ましい内容のため表示できません】してやるわ」

「？」

「可愛いマリアンヌ様はずっとわからないままでいてね」

「はい、エリザベート様」

新しく考案したフランボワーズマカロンをいただきながら優雅に私は微笑んだ。

「――あら、アーデン男爵がいらっしゃいますよ」

カフェでのお茶会も一段落した頃、マリアンヌの言葉を聞いて目線の方に目をやると、黄金色の髪に憂いを帯びた中性的な美貌の男、イケメン五人衆の一人――セルドン公爵の長男のルバート・セルドンがそこにいた。

何度見ても美形だけど、相変わらずまったくタイプじゃないから関心が持てないわ。私の扇で叩いたら折れそうなくらい細いもの。

ルバートは向かいの花屋で大量に花を買って、馬車に詰め込ませているようだ。

薔薇《ばら》や百合が大量に積まれていく馬車は夜闇のように黒く、さながら葬送の柩のように見えた。なんだか昼間から気味が悪いわね。

「ジャスミンの鉢植えは後からきた馬車に乗せてますね、一体なんでしょう?」

「奇妙だわ。夜会やパーティー、造園に必要なら召使いが手配するでしょう。自ら赴《おもむ》いて求めるなんて。ひょっとしてお花が好きなのかしら、かなり変態的なレベルで」

「変態……」

マリアンヌがルバートと私の顔を見比べる。

「だって奇妙すぎるわよ。ブーケや鉢植え一個くらいならわかるけど、数がどう考えても多すぎるわ。花屋でもやらない限りは」

私の推理にマリアンヌも納得したように頷いた。貴族が花屋を始めるなんて聞いたことがない。

「……マリアンヌ、時間があるなら皇太子殿下を見習って、このまま男爵家を訪れてみましょうよ」

いわゆるアポなしというやつね。

「今からですか？　……でも不作法では？」

「約束していたと言い張ればいいのよ。だって気になるじゃない？」

「確かに気になりますね」

マリアンヌはそう言って、好奇心をくすぐられたような顔をする。

「じゃあ参りましょう。でも花屋に寄って聞き取りしてからね」

聞き取りついでに、花屋で珍しい蘭を購入して手土産にすることにした。

「アーデン男爵はたくさん買われましたけど蘭は手をつけませんのね」

アーデン男爵はルバートの持つ爵位。それを使って蘭を包む花屋の女性に尋ねると、疑った様子もなく答えてくれた。

「はい、お嬢様方。薔薇《ばら》や百合、ジャスミンがお好みですね」

「これまでにも何度かこのように買われてますの？」

「はい、毎週買われてますわ。夏でも冬でも」

どう考えても変だわ。

そんな毎週しかも高価な花を買う必要があるかしら？　いくら貴族の屋敷でも置き場がなくなるでしょうに。

私達はルバートがアーデン男爵として所有するタウンハウスに向かった。

貴族というのは首都にタウンハウスという家を持ち、社交シーズンはそこで過ごすもの。シーズンが終われば自らの領地にある屋敷――カントリーハウスに戻るものなのだけれど、前世の講義でよくこのあたりのことを教えてたのを思い出すわ……

ただこの世界は世界観が曖昧《あいまい》すぎて、みんなずっとタウンハウスにいるような感じがするのよね。私の屋敷も王宮も、常に社交シーズンという感じだから。一体どうやって領地を経営しているのかしら。

私がそんなことを考えている間に、ルバートのタウンハウスに着いた。

薄曇りの灰色の空の下に聳《そび》えるゴシック様式の屋敷は、赤い煉瓦《れんが》が厳しい雰囲気を与えている。ところどころには荊《いばら》が張り付いていて、薔薇《ばら》が咲けば美しいのでしょうけれど、少し痛々しい。

馬車が門前に着くと、すぐに従僕がやってきた。

「アーデン男爵はご在宅かしら？　お約束をしていましたの」

そう言うと、心当たりがないだろうに、従僕は感じのいい雰囲気のままで申し訳なさそうな顔をした。

「……申し訳ございません。不在にしておりますが、まもなく戻られるかと思います。中でお待ちいただけますでしょうか」

「ありがとう」

客間に案内されてルバートを待つ間、部屋をゆっくりと眺めた。

ガラス窓から先の温室に繋がっているらしい客間は、外観の重々しさとは異なり、桃色の絹壁紙と白を基調にした華やかで可愛らしい内装だった。

でもどこか生気を感じられない、そんな雰囲気。

「……美しい部屋ね」

「でもなんだか寂しい感じがします。まるで時間が動いてないような」

マリアンヌも異質さを感じているようで、少し怯《おび》えたような緊張した面持ちだった。

「花はないわね……。あんなに買い込んでいたのに、生けてある花に薔薇《ばら》や百合が見当たらないわ。もっとも、このお部屋に百合は生けたりしないでしょうけど」

「え？　なぜ？」

「百合は冠婚葬祭の花ですもの。客間には不向きだわ。お客様の中には様々な事情を持つ方がいらっしゃるでしょう？　意図しない意味が生まれてしまうもの」

「そうなのですね！」

「よく学んでちょうだいね。花選びは割と気を使うものよ」

そんなふうにしている間に、客間女中が現れてルバートの母親であるセルドン公爵夫人が入室してきた。

「まぁ……。聖女様、ロートリング公爵令嬢。お客様がいらっしゃる時に不在だなんて、息子がとんだ失礼をしてしまい、申し訳ございません」

セルドン公爵夫人は白に近い金髪の髪が美しい女性だったけれど、風が吹いたら飛ばされてしまうのではないかというくらい弱々しく見える。春の強風に散りゆくスミレのように。

「いえ、公爵夫人。お会いできて嬉しく思います」

マリアンヌったらきちんとご挨拶できるようになって良かったわ
「聖女様にお目にかかれて嬉しゅうございます」

セルドン公爵夫人がおっとりと微笑む。

「それにしても美しいお部屋ですわね。生けられてるお花も素晴らしいですこと」

「ありがとうございます。この屋敷の庭の花ですのよ」

「まぁ！　そうなのですね、アーデン男爵はいつもお花屋さんで花をたくさん買われているそうですし、よほどお花がお好きなのね」

私がそう言うと、公爵夫人は貼り付けたような笑顔が砕けたように素の顔になった。

なんという表情だろう。元の世界の……そう、テニスンの詩を思わせる。鏡は横にひび割れて……シャーロットの姫君でうたわれたような凍りついた表情だ。

「ロートリング公爵令嬢……あなたは……、何をご存知なの？」

「何も存じませんわ」

公爵夫人の顔からは何も読み取れなかった。けれどそのうち、目に光がさして、何かを決意したような様子が窺えた。

「ロートリング公爵令嬢、噂通りその賢さを讃えられるあなたであれば、信頼がおけます。他言しないでいただけますわね」

「はい」

私が静かに答えると、マリアンヌがけたたましくそれに続いた。

「わたくしも聖女の名にかけて他言しないことを誓いますわ！」

普通ならいただけない状況だけど、その声になんとなく空気がほぐれて、公爵夫人も和らいだ表情になった。

「そうね、見ていただく方が早いわね」

公爵夫人は誰に言うでなくそう呟くと、私達を部屋の外へと促した。

長い廊下を歩いていく。くすんだ紫色の壁紙はなんだか不気味に感じた。

廊下に飾られた花瓶には男爵家のタウンハウスだというのに、スノードロップ、アイビー、勿忘草、紫だっただろうヒヤシンス、キンセンカなどの枯れた花々が生けられていて、その不釣り合いが目を引いた。

なぜこのままにしてるのかしら？

花瓶の中で唯一、アンモビウムだけがその和名のように貝細工のような美しい姿を保っている。

換気が不充分なのか、傷んだ花と、水と、カビのような不快な匂いがする。

ふと、壁に止まっている一匹の蝿が蠢くのが見えた。

待って。

そういえば、ルバートの買っていた花はなんだった？

薔薇《ばら》、百合、ジャスミン……そう、すべて華やかな香りを持つ花。

あぁ！　なぜ、私は気づかなかったのかしら？

「どうぞ、お入りになって……」

公爵夫人の静かな声と扉が開く音が、私の背中に氷を入れたように冷たく響く。

なんて馬鹿だったのかしら。好奇心は猫をも殺すって言うのに、迂闊《うかつ》に首を突っ込むなんて。

おそらく部屋の中にあるのは誰かの死体……

死臭を隠すためのお花だったのだわ！

仄暗い部屋をおそるおそる進んでみると花の香りがむせ返るようだった。

そしてベッドには……

「これは……」

足の踏み場もないくらいたくさんの花が置かれた床。その真ん中に横たわるベッドは美しく整えられていて、すぐにでも眠りにつけそうだ。

絹で小花の刺繍がされた見事な掛け布団の上には予想に反し、ただ、銀色の可愛らしいドレスが置かれている。まるで故人を偲ぶように。

「アデレード……私の娘よ」

公爵夫人は消え入りそうな声で話し出した。

「お兄ちゃん子でいつもくっついて歩いてたわね……いつもふざけたことばかり言って、笑顔の可愛い娘だったわ、でも……」

ふと壁を見ると、少し生意気そうな、やんちゃで可愛らしい女の子の肖像画がある。きっと彼女がアデレードなのだろう。

「病気でアデレードが亡くなってから、この屋敷から笑顔は消えてしまった……」

カーテンが開けられると陰気な部屋にわずかながら昔の華やかさが蘇るようだ。

公爵夫人の目には涙が浮かんでいる。

それはそうよね、明るく活発な娘さんがいなくなれば、どんなに寂しいかしら。

娘が親よりも先に亡くなるなんて……

「……みんな、どうしたの？」

振り向くと、夜会の時とは打って変わって表情をなくしたルバートが、溢れんばかりの薔薇《ばら》を抱えて立っていた。

「ごきげんようアーデン男爵、あなたが薔薇《ばら》を買い占めるから、あなたに差し上げる花が蘭しかありませんでしたのよ」

私は反射的に挨拶をした。でなければ気まずい無言が続くとわかっていたからだ。

「それは申し訳ないことをしてしまいましたね、蘭は香りがないけど私が好きな花だ。薔薇《ばら》、百合、ジャスミンは妹が好きな花でした……」

ルバートは笑顔を浮かべた。

「自分でもわかってる。普通じゃないと……でも」

「普通って何かしら？」

みんなが私の方を向いた。

「普通って何？　何が普通なのかしら？　普通とはそんなにいいものなのかしら？」

私は堰《せき》を切ったように話し出した。

「別にいいじゃない、普通じゃなくたって。何がいけないの？　妹さんに花を捧げてあげるなんて素晴らしいじゃないの、この部屋には一つも枯れた花はないから、あなたがどれだけ彼女を大切に思っていたか、少しはわかるわ。それに人が死ぬっていうのは仕方ないことよ」

私はルバートの泣きそうな顔を見ながら微笑もうとした。

「私思うの。遺された人達が思い出して覚えていてあげれば、ずっと繋がっていられるわ。だからあなたは自分のしてることに誇りを持つべきよ。しっかりなさい」

なぜ自分でもこんなことを言い出したのかわからない。しーんとした部屋で、私はぼんやりとその理由を探していた。

「……もっと、一緒にいたかった。元気に遊びたかったな……」

ルバートがぽつりぽつりと話し出した。

抱えていた花を床に落として、目からも透明な美しい雫が静かに落ちていく。

「お兄ちゃんってもっと呼んでほしかった。わがままだって言ってほしかった……」

私はたまらなくなってルバートの手を両手で包んだ。公爵夫人の啜り泣きが聞こえる。

「もっと……もっと生きていてほしかった……いなくならないでほしかった……」

「妹さんは、いなくなんかなってないわ。ただ、ここにいないだけよ。あなたがしっかり覚えていればけっして消えたりしないわ」

ぽつりぽつり、落ちる雫で手が濡れていくのを感じた。

しばらくはこうしていてあげよう。

◇　◇　◇

それからしばらく経ってマリアンヌと共に屋敷を後にした。帰り際、公爵夫人からは、あなたのおかげで心の整理がついたと感謝され、ルバートは恥ずかしそうに、でも本当の笑顔を見せて「ありがとう」と言ってくれた。

私は何もしてないんだけど、何かのきっかけになったなら、好奇心も無駄にはならなかったってことね。

「私は無力でした」

小さくなっていく男爵家の屋敷を見送っていると、馬車の中でマリアンヌが呟く。

「どうしたの？」

「私は悲しみに沈む二人に対して、どうしたらいいかわかりませんでした。ただ同情するしか」

「そうね、それでいいんじゃない？」

マリアンヌの目が私を見る。

「でもあなたはきちんと背中を押してあげた。次に進むために」

「どうかしら？　余計なお節介だったかも」

「いいえ、素晴らしかったです。やはりエリザベート様こそ、次期王妃にふさわしい……」

とんでもないことを言い出したマリアンヌに、しんみりとした雰囲気が霧散する。

「ちょっとやめてよ。あんなヒョロいモヤシと結婚なんかしないわ。私が結婚するのはゴリマッチョなイケメンだけ！」

「でも、結婚話は進んでますよね？」

図星を刺される。確かにその通りだ。

「……やるしかないわね」

とりあえず婚約破棄しなくちゃ。

そう決意した私に、絶好の機会がすぐにやってきた。


ルバートの一件から数日後、病から快復したハミルトン様主催の夜会の招待状が届いた。なんでも聖女のマナートレーニングも兼ねているとのこと。マナートレーニングっていっても犬猫のおしっこの躾じゃないわよ？

「ロートリング公爵令嬢様、出来上がりましたドレスのご確認をお願い致します」

夜会にはやっぱり素晴らしいドレスが必要。だから招待状をもらった後で、注文しておいたの。ドレスは女の武器ですもの。ベルタン嬢は期待に応えてくれて、大量のドレスを持ってきてくれた。

「こちらは星のドレス、白い絹、レースに銀糸の刺繍、ダイヤモンド、真珠を縫い付けてあります。

髪飾りも星型のダイヤモンドで出来たものを用意してます」

「まぁ、なんて素晴らしいのかしら」

輝くほどに美しいドレスを見て、私はため息をこぼした。

「次は青空のドレス、空色の絹に雲を浮かべております、髪飾りにはオパールとサファイアを」

ベルタン嬢の手でドレスが部屋中に飾られていく。

「これは月のドレス、銀糸で作られた生地にダイヤモンドと真珠、オパールを縫い付けました。髪飾りは金の三日月です。太陽のドレス、金糸で作りあげたドレスにはルビー、ダイヤモンドを縫い付けています、髪飾りは金とダイヤモンドの太陽です」

このあとも山ほどドレスが現れては消えていく。

「ベルタン嬢、この短期間に素晴らしいドレスやアクセサリーまで、ありがとう」

「いえ、ロートリング公爵令嬢様がお召しになられたドレスであれば、すべて流行りますから。宣伝費と思えば安いものですわ。ご心配なく」

やはりこういうところがチャッカリしてるのよね。大切な要素だけど。

「これだけあればドレスは充分足りそう。ありがとう」

重ねてお礼を言うと、ベルタン嬢はお辞儀をして退室した。

私は山のようなドレスを様々な観点で吟味した後、目が開けられないくらいキラキラしている華やかな金のドレスを選んだ。

「私って、ますます美人になってる気がするわ」

私は鏡にうつる自分の美しい姿に感心しながらポーズをとる。

「この世界に私より美しい人なんていないんじゃないかしら？　なめらかな大理石のように真っ白で美しい肌、豊かな胸、薔薇《ばら》のような唇、歯は真珠のように揃って美しい。輝く日差しと見間違えるくらいキラキラする髪、こんな美しい人なんているのかしら？」

気分が明るくなったので、鏡の前で優美に踊ってみてから、子供っぽさに気がついた。

少し調子に乗りすぎてしまったみたい。こんなおバカなことはやめてしまって、美のためのストレッチをしっかりとしてから寝てしまいましょう。

日課のストレッチを始めた私は、体を捻りながら新しいことを考えていた。

ドレスって作るの大変よね……。今回はベルタン嬢がどうにかしてくれたけれど、一から仕立てるのには時間もかかるし……。そもそもこの国には前世のお洋服屋さんで売っていたような、既製服というものがないのよね。

「……なら、既製服作って売れば儲かるんじゃないかしら？」

思い至った私はベルタン嬢に手紙を書いてから眠りについた。色々新しいことをしていかないとね。


翌日のハミルトン卿邸での夜会は素敵なものだった。

マリアンヌは緊張気味だけど、きちんとおさらいもして上品に見えるようになってきた。私の手にかかれば当たり前よね？

「まぁ！　ロートリング公爵令嬢、いつ見ても花のようにお美しいですわ。花と違ってその美しさがいつまでも持つと良いけど」

さっそくやってきたわね。

「モンゼット伯爵夫人、今日もお美しいですこと。本当に秋の枯葉色がお似合いですね。心根に似て」

「まぁ、ありがとう」

内心はどうあれ、笑顔で応えるモンゼット伯爵夫人をマリアンヌに紹介する。

「聖女様、こちらはモンゼット伯爵夫人。伯爵夫人、こちらは聖女のマリアンヌ様」

「ごきげんよう」

「まぁ可愛らしい聖女様ですこと。野の花のようですわね」

モンゼット伯爵夫人の嫌味にも、マリアンヌは私が教えたように優雅に微笑んだだけだった。

言い返せない時は優雅に微笑むだけで相手を少し怯《ひる》ませることができるのよ。

「ロートリング公爵令嬢、体調はいかがですか？　なんといっても王子様の婚約者ですもの。お身体が悪いようでしたら、務まるものも務まらないでしょうから」

「ありがとうございます。伯爵夫人よりも元気ですわ」

「あら、そう……」

「ええ、モンゼット公爵夫人はいつもハンサムな殿方を眺めては悶絶なさってますから。ご自愛していただきたいと皆で話しておりましてよ」

優雅に切り返し、微笑む私。

「まぁ！」

伯爵夫人はムッとした顔を作ったが、そのうちに我慢できなくなったのか笑いだしてしまった。

「こんなもので良かったかしら？」

「もちろんですわ、伯爵夫人。ありがとうございます」

「マリアンヌ様、切り返しはこんな感じよ」

「わぁ……ありがとうございます」

私達の嫌味の応酬がお芝居だということを悟ったマリアンヌは、演劇でも観ていたかのように喜んでいる。

社交界でいきなりマウンティングマウンテンに参加させるのは忍びないじゃない？　だから前もって練習をお願いしておきましたの。

「とりあえず言い返せないうちは黙って微笑む。言い返せそうならジョークに落とし込んで言う。明らかに対応しきれない場合は立ち去る。いいわね？」

マリアンヌは元気よく頷いた。

「あら、ロートリング公爵令嬢がお一人でいらっしゃってるわ」

マリアンヌの返事に和んでいると、馬鹿にしたような声が聞こえた。

「あの方はどなただったかしら……」

モンゼット伯爵夫人がお芝居の続きかと耳打ちする。知らないわ。誰よあの女は。

「美女だからって調子に乗ってるから、事故なんかにあうんじゃなくって？」

そう言いながら近づいてくるんだけど、何というか全体的に残念な見た目だった。

何と言ってもモスグリーンと黒のストライプのドレスが悪趣味。肌が白いのこそ引き立ってるけど、なんだかカビの生えたチーズ……、なんだっけ……ゴルゴンゾーラみたいな感じだわ。

髪は赤毛でパサパサしてそうね。目はかび臭いグリーン、青かびチーズ食べてないな、食べたいな。

「あなた、どなた？」

事故というのは私が記憶を思い出す前の事故のことを言っているのだろう。単刀直入に尋ねると、ゴルゴンゾーラは顔を真っ赤にした。

「わ……私を忘れるなんて。身分の低い男爵令嬢なんて目に入らないってことかしら？」

「いえ、私、事故以降、記憶があまり戻ってないの」

「まぁ、ありきたりな言い訳ね、王子の婚約者だからって偉そうに！　というか王子と来てないなんて、あなた愛されてないいんじゃない」

「おっしゃる通りですわ」

私が即答すると、会場にいたすべての人がこちらを見た。

このよくわからない男爵令嬢とやらも顔がひきつっている。

「貴族の結婚に愛は関係ありませんわ。それに」

言葉を切り、私は満面の笑みを浮かべた。

「殿下との婚約については、近々破棄させていただくつもりですから」

会場は大いにざわつき出した。

「別に驚くようなことでもないでしょう。事故の後遺症を考えれば、私には王太子妃なんて務まりませんから」

表情を作り、楚々《そそ》とした口調でそう言うと、周囲の人間は同情したような眼差しで囁き始めた。

「ロートリング公爵令嬢はお気の毒だわ」

「男爵令嬢にはデリカシーがないのね」

「お可哀想に……」

うふふ、ヒョロモヤシ王子との婚約破棄を告げつつ、刃向かってきた男爵令嬢も始末する私の技。

マリアンヌ、よく見ておきなさい。

「ロートリング公爵令嬢！」

振り返るとそこにいたのは王子様。……なんか歌詞にでもなりそうな字面ね。

「ごきげんよう殿下、素晴らしい夜ですわね」

「今、君は……何を言った！」

「ごきげんよう殿下、素晴らしい夜……」

「ちがう、そうじゃない」

「あぁ、婚約を破棄させていただくつもりだと申し上げました」

「なぜ……」

「私は事故の後遺症で健康に不安のある身。将来の国母たる王太子妃の役割などとても……」

しょんぼりと肩を落とす私は、周囲の同情の声に健気な笑みを向けると、唖然とする殿下に近寄って耳打ちした。

「それに貴方、私のタイプじゃありませんし」

にっこりと笑うと、王子様はガクリと肩を落として無言で去って行った。

「あ、あなた……」

残されたゴルゴンゾーラ男爵令嬢が意味がわからないという顔で、私に声をかけてくる。

周囲の注目が私から離れて、皆提供されたばかりの噂話に夢中になっているのを確認してから、私は彼女に向かって口を開いた。

「そうそう、あなた、せっかく白くて綺麗な肌なんだから、もっと似合う色を着た方がいいわよ。薄いピンクとか」

「う、薄いピンク……？」

「それで、結局、あなたはどなたかしら？」

事態を呑み込めていない様子で自身のドレスを見下ろしていた彼女は、ハッとした様子で気を取り直した。

「グイスティ男爵家のカテリーナよ！」

「グイスティ男爵令嬢、あなた不作法で趣味悪いけど良い仕事だったわ。ありがとう」

「は、はあ？」

「王子との婚約破棄の足掛かりができて良かったわ……」

目下の面倒ごとが片付いて、本当にいい気分。

「な、なんでそんなに嫌なの？　普通、何がなんでも王子と結婚したいでしょ！　あんなイケメンだし、権力持てるし」

「あなた、甘いわね。王子様と結婚して幸せに暮らしました、なんて、おとぎ話の中だけよ。イケメン？　権力？　王太子妃の立場で様々な思惑の人々を捌《さば》きながら生きていく苦労がわかるかしら？　私はごめんだわ」

あぁ、私ったらマリアンヌに社交界の体裁を教えにきたのに、色々ぶちまけてるわ……やば。どうせこの、取るに足らない子以外、他の人には聞こえやしないからいいけど。

「さて、社交界の皆様には充分な話題を提供しましたから、そろそろおいとまさせていただきますわね」

社交界ではいつ帰ったかわからないように帰るべきなのに、やだわ、私ったら。

私は優雅に微笑むとマリアンヌと共に、ざわつく会場を後にした。

「ああ、明日はめんどくさいことになりそうだわ」

「やはり、婚約破棄なさるのですね？」

「ええ、私に王太子妃は無理よ、それに」

私は馬車の窓から星空を眺めながら言った。

「結婚するなら男らしくてイケメンなゴリマッチョって決めてるんだもの」

翌朝、王宮から速達が届いた。
時は来た。
私は一番新しい、絹のドレスを着ることにした。
今日がこの人生のターニングポイントになるだろう。

婚約破棄は華やかに

「なぜなんだ！」

王宮を訪ねた私に、謁見の間でエドワード殿下は力強く言い放った。昨日あれだけはっきり言ったのに、まだわからないのかしら。

「私の体調は万全ではなく、未だに過去の記憶もまだ曖昧《あいまい》です」

「…………」

「さらに申し上げれば、聖女が現れた以上、王位継承者は聖女を娶《めと》るべきかと」

「……あなたの気持ちは……どうなのですか」

顔を歪めた殿下が、絞り出すような声で言った。

「身分あるものの結婚に気持ちは関係ありません、国益を考えねばなりませんよ」

「結婚は神聖で、そこに愛は不可欠だ」

「愛に対して夢を見すぎですよ」

「君に愛の何がわかるというんだ！」

愛についてか……私に愛なんてふさわしくない。

誰が私のことなんて愛してくれるというのかしら？

今まで関わってきた男達は見た目、快楽、お金目的でしかなかった。

世の中そんなもんよ？

おとぎ話みたいな真実の愛なんてないのよ。

だから私も私の欲を満たしてくれるゴリマッチョなら誰でもいいの。

でもそんなことは、エドワード殿下は知らなくてもいいわね。

王子様な彼はおとぎ話みたいに、本当の愛をいつか見つけるかもしれないのだから。

「……どうか許してください」

ただそれだけを告げると、エドワード殿下は俯き、何も言わない。

「エリザベート嬢、わかりました。私も陛下も残念に思いますが、あなた達の婚約は一度解消致しましょう」

王妃様が穏やかに静かに決断した。

王室としても聖女は見逃せない存在だったわけで、私の体調不良が原因ならば充分に体面は整えられるはず。

こうしてアッサリと婚約は破棄されたのでした。

国民は一部ショックを受けたようだったけれど、私の体調不良が原因ということでさほど騒ぎにはならなかった。

私としては肩の荷がおりたし、王太子の婚約者からただの公爵令嬢に戻れて心安らかだわ。

……いや、問題はまだあったわね。

「お父様、お母様、この度は申し訳ありませんでした」

婚約破棄の公示が貴族新聞に出された朝、私は父の書斎で両親に頭を下げていた。

「いいんだよ、あの王子の妃では幸せになれなかっただろうし」

「そうよ、あなたが幸せならそれで良いのよ」

「ありがとうございます……」

優しい言葉をかけてくれる両親に、肩の荷がおりたような気分になる。私はそのまま話を切り出すことにした。

「それで、傷心のため、ロートリング領で静養させていただきたいのですが……」

「世間体もあるし、行っておいで」

慈しむような表情の父に対して、母は私の本心を言い当てた。

「工事や工房のことが気になっているのでしょう」

私は優雅にお辞儀をして退室した。

華やかなこの都、パギを離れてロートリング領に行くの。

もしかしたら運命のゴリマッチョに出会えるかもしれないわ。

なんてうそ、うそよ。今回ばかりはゴリマッチョも関係ないわ。

実際はお母様が言うように工事や畑、工房が気になるからなの。経営者も楽じゃないのよ。

私はエマに頼んで準備を進めた。

そして出発の日の朝、みんなが見送りに来てくれたのだけど……

「エリザベート、あなた……よその王室にお輿入れでもするの？」

お母様がポカンとした顔で私に声をかけてきた。

「え？」

「ロートリングは一時間あれば馬車で着くのですよ」

「はい、存じ上げておりますわ」

「ではなぜ馬車が三十五台も……」

その場にいた、タウンハウスに残るすべての人が、お母様に同意するように頷いていた。

「私の荷物はあまりないのよ、技術者や設計士、様々な使用人を連れていくの」

「………」

みんな無言になってしまったわ。意味がよくわからなかったのかしら？

「では皆さん、お元気で」

「気をつけて」

しばしのお別れを告げて、馬車はロートリングに向かって走り出した。

この時のことを、見送りに来ていたモンテスパン侯爵令嬢がモンド紙に語った内容をここに書いておくと、

『美しい朝日の中でのロートリング公爵令嬢の旅立ち。それは空想の世界が目の前に現れた興奮と驚きに満ちていました。女神の降臨と言ってよいでしょう、華やかで美しい白い馬達と優美な馬車

が何台も通り過ぎる様子は神話の世界かと思うほどでした、そして一番立派な六頭立ての馬車に乗るのは、輝くばかりに美しいロートリング公爵令嬢。彼女は言葉では言い表せない美貌をその微笑みで彩り、手を振る市民に応えていました。まさに街中が恋に落ちた瞬間でした』

……モンテスパン侯爵令嬢は夢見がちだから、脚色癖があるみたいね。

現実は愛想振りまいていただけじゃなく馬車の中で計算したり、ドレスのテーマを考えたり、紅茶のブレンドなど色々と考えていたわ。そんなに暇じゃないの。

そんなふうに過ごしているうちにロートリング公爵領、ロートリング城に着いた。

「さあ、また新しい人生の始まりよ」

私はそう言って馬車の扉を開いた。

◇　◇　◇

それからはあっという間だったわ。まず領地に着いてからやったことは、陶磁器工房やお茶工場などの視察、新しく作るハーブ畑の管理の確認、香料工場の建設。

そして一番力を入れたのは、領民に声をかけながら困っていることがないかなど聞き取りを行うということ。

なぜなら領民が苦しむこと、不満をいだくこと、それらはかつてフランス革命が起きたように王政にとっては大きな問題に繋がるから。

だから私達貴族は領民をできる限り幸せにして、余計なことを考えさせないようにするのよ。幸せなら、この私を悪く思うわけがないもの。だからパンがないなら私の力でパンもお菓子も肉も魚も食べさせるわ。

とりあえず聞き取りを通して領民の同意が得られたので、領地の村自体を大改造することにしたわ。お金はたくさんあるから街づくりのゲームみたいに好き放題にできるわね。それにしてもさすがのゆるふわ設定世界というところかしら、一番危惧していた下水なんかはきちんとしていたから良かったわ。

建物は外壁塗装工事、道の舗装、街灯の設置というようなものから、病院、孤児院、学校、職業訓練施設までなんとか整備できたわ。

都に引きこもっているからかしら、お父様の領地管理はちょっと甘かったのよ。雇用も生まれたし、上手いこと回りそうだわ。

不正が起こらないようにシステムを作ったし、当面はこんな感じでいいのではないかしら？

「お姫様！　花壇のお花が元気ないの……」

今日は孤児院を訪問してみんなでお菓子を食べたり礼儀作法を教えたりしているところ。そんな中、四歳くらいの女の子が困った顔をして、私に話しかけてきた。

「あら。見てあげるから、花壇に連れていってちょうだい」

案内された私は花壇を眺めて微笑んだ。これならなんとかなりそうね。

「肥料をあげてないいんじゃないかしら？　あなた、メアリーだったわね？」

花を心配する少女に尋ねると、驚いた顔で頷いた。

「おうちに牛さんがいないかしら？」

「いるよ！」

「じゃあ牛さんのうんちを少し取ってきて混ぜてみましょう。あっ、もちろん、手で取るのはだめよ。シャベルを使うの」

私達は牛糞を土に混ぜて、しばらく様子を見ることにした。近くにいた農民も真似して畑に牛糞を混ぜているらしい。子供だけじゃなくて、大人にも肥料の概念がなかったみたいね。

人糞はどうかと聞かれたけれど、匂いがより強く残ることや、体調が悪い人のだと病気になるかもだからおすすめしないと伝えておいたわ。

そうしたらね……

「奇跡だ！」

「やはり女神様！」

「間違いない！　女神様だ！」

いつもより早く、大きく育つ野菜に、領民は一層私を崇《あが》めるようになったわ。豊穣の女神だと。良かったわ。糞の女神とか言われなくて。

「――ターナー様、いかがかしら？」

領民の心を掴んだ私は、ターナーを呼びつけて領地経営に関する様々な要素を混ぜ込んだ肖像画を描いてもらっていた。これは貴族としての良い統治の仕方を広める意味を込めてるのよ。

「完璧ですよ、スケッチはできたので仕上げて、活版印刷にすぐにまわします」

もちろん私の見た目だけれど、よりセクシーな感じで描いてもらってるわ。

だってこの肖像画を広めれば、理想のゴリマッチョが釣れるかもしれないじゃない？

ええ、わかってるわ、無意味かもしれないって。

でも軍事学校で鍛えさせても、さしてゴリマッチョにはならないみたいだし、世界中をゴリマッチョ探しの旅でまわるわけにもいかないから、微々たることでもやっていかなくてはいけないの。

あと、人から崇《あが》められるのって悪くないし。

でも残念ながらだめだったわ。活版印刷に出された私の絵は世界中を回ったけれど、フランク王国の女神という画題になるだけで、ゴリマッチョが訪ねて来たりはしなかったわ。

その頃になると領地暮らしも慣れてきて、ラベンダー、ネロリ、ビターオレンジ、薔薇《ばら》、チュベローズやジャスミンといった花の香りを油脂に染み込ませて得るアンフルラージュを雇った女工に教えていたのだけれど、そこで問題が発生した。

アンフルラージュっていうのは脂を利用して花から香料を抽出する方法のことで、熱に弱い花の香りを集めるのに最適なの。ラードを塗ったガラス板に花びらを並べて載せ、花びらに含まれる香気成分をラードに吸着させて、定期的に取り換えるという工程を繰り返すのだけれど……

「どうしましょう。ラードに香りを染み込ませるところまでは知ってるんだけど、このあとどうするのか、私知らないわ……」

そう、前世で好きだったアロマとかの本だと、脂に香りを移すところまでしか書いてなかったのよ！　どうしたらいいかしら……

途方に暮れた私は、たくさん香りの移った油脂を前に絶望的な気持ちになった。

そう前世の、オネェの頃からそうだった。私はいつだって肝心なところで上手くできない。

私ってば何でもできるし、教養もあるけれど、生きるのにはなんの役にも立たない中途半端な知識だわ。

あぁ結局、私は要らない、使えない人間なのよね。

だからシャンパンを飲んで車に轢《ひ》かれたりするのよ。

「お嬢様、どうされたのですか？」

工程を教える途中で黙り込んだ私に、女工の一人が心配そうに聞く。

「せっかくの油脂をどう香水に使えばいいのかわからないのよ。馬鹿よね」

「お嬢様が馬鹿だなんてありえませんわ！」

その女工――ジェーンが笑いながら言う。

「みんなの生活をこんなに良くしてくださって、お嬢様のおかげで私達はとても幸せなんですよ」

「そんなことないわ。私のしてることは頭のいい人の考えや技術を盗んでるだけだもの」

「だとしても、それを組み合わせてより良いことに活用されてるんです。それも知性だと思います」

「ジェーン……」

「わからないなら、色々やってみましょうよ。みんなきっと協力しますよ！」

女工のみんなが頷いて、その後は意見を出し合いながら様々な方法をためしてみた。剥《は》がしたラードを蒸留法のように加熱してみたりしたが香りが当たり前だが飛んでしまい、だめ。

「何をしても上手くいかないわ。豚臭いし……もう、どうしたらいいのかしら。とりあえずアルコールにでも混ぜてみようかしら」

私は前世の香水の成分を思い出して、やっつけ気分でアルコールにつけて混ぜ合わせてみた。精油はアルコールになじむはずよ。香水ってアルコールで出来てるんだし。

すると、期待した通り、アルコールに花の香りがほんのり移り始めたのだ。

「これだわ！　アルコールに香りをうつすのよ！」

やっと方法を見つけた私達は、小躍りしちゃうくらい喜んだ。

その後も研究を重ねて、アルコールにしっかり香りを移したあと、アルコールを揮発させて香りだけを取る上手い方法がわかり、様々な香料を得ることが可能になった。香水作りの幅も広がりそう。

他にも陶磁器の工房にてターナー様と共に彩色、図案などを考え、新たな美しいティーセットなどを開発して、このロートリングを潤すために最善を尽くしている。

「エリザベート様、この薔薇《ばら》を思わせるピンクは上手く仕上がりましたね」

ターナー様は最新作のティーセットを見て微笑んだ。

私自身も笑みが溢れ、うきうきしてしまう。

このなんとも言えない美しい薔薇《ばら》色の顔料は、この世界ではどこの磁器でも見られないに違いないもの。

「本当に素晴らしいわ」

「ならばこの色はローズ・ドゥ・エリザベートと呼ぶことにしましょう」

「まぁ、良い名前ですわね」

その後は工房の磁器にさっそく薔薇《ばら》色の彩色が施され、白地に華やかな薔薇《ばら》の絵が描かれたティーセットを各国の商会に「ローズ・ドゥ・エリザベート」として販売し、即完売。

価値を上げたいので、しばらくは生産量は減らして、より高値で金の彩色もプラスして販売をする戦略だ。

お茶の時間は今や流行から習慣に変わっているので、安定的に売れていくだろう。

「エリザベート様は芸術、文化の守護神と讃えられてますよ」

「そんな大それたものじゃないわ」

「それにしても、その類稀な知識はどこで得られたのですか？」

「あぁ、私これでも西洋文化史の博士号を持っていて本も書い……」

危ない。うっかり口を滑らせるところだったわ。

「……本を書いている先生について、学んだりしていたのよ」

「ほぉ……よくわかりかねますが、とにかく難しい勉学をずっとなさってきたのですね！」

あぶねー、上手く誤魔化せたわね。

「当時は、エドワード殿下の婚約者、皇太子妃になる立場でしたので当然ですわ」

「エリザベート様……エドワード殿下となぜ婚約破棄を？」

もう少し誤魔化すつもりが、厄介な話を振られてしまったわ。

「単純に、あの方を愛しておりませんの。楽しい友人以上にはなれないのです。彼がゴリマッチョだとしても……いやゴリマッチョならありかしら……でも中身がヘタレすぎるし……」

「他に気になる方はいらっしゃらないのですか？」

「ターナー様、私にはそういう方はいませんわね」

「そうなのですね」

ターナー様は何か考えこんだ様子だった。

「私は人生において、恋愛自体には重きを置いておりませんの。ゴリマッチョは欲しいけれど、それはまた別の話。私みたいに美人でお金も地位もあると、好きなように、自由に生きられるから色々なことをしてみたいのです。人生ってもっとたくさんの選択肢があるはずでしょう？　私は私なりに色々な選択をして、どんな道であっても楽しんで生きていきたいと考えているんです」

「色々なことですか……」

「ええ、人生はいつ終わるかわからないのだから、悔いのないように楽しまなければね」

「……そうですね」

「私、もう少ししたらパギに戻りますわ」

「みんな喜びますよ、お待ちしています」

私は優雅に微笑み、美しい陶磁器に目を移した。

素晴らしい領地は私に力を与えてくれた。

「そうだわ、このロートリングを香りにしましょう」

私はそう考えて、帰るまでの数日をロートリングを歩き回り、インスピレーションを得た。

美しい山々、花畑、木の香り、優しく吹くそよ風に太陽の温かみがある匂い、そして土や草の自然を感じさせてくれるこの香りをすべて閉じ込めた香りにしたいと、私は思った。

またすぐにでも行ける距離だけど、それでもこの地を去ることを寂しく感じた。

令嬢の帰還

「やっぱりお家が一番ね」

屋敷に戻るとホッとするわ。着いたのは夜だから、夕食は部屋で軽く済ませることにした。

部屋に戻るとさっそく湯浴みをして、スキンケアをして着替えをして、少しだけ食べたら、歯を磨いて……というように、いつものルーティンを済ませてベッドに横になった。

さぁ寝ましょうと思ったのだけど、なんとなく胸騒ぎがしてバルコニーに出たのよ。やはりこういう時の勘って当たるわね。

「エドワード殿下、ダーシー様、ハミルトン様、それにアーデン様まで公爵家に不法侵入とは、いい度胸ですわね」

ターナー様を除くイケメン達が、バルコニーのすぐ下にずらりと勢揃いしていたの。

つまり、理性的な紳士はターナー様だけね。

「これはこれはロートリング公爵令嬢。わたくしどもはロートリング公爵から許可を得て庭を拝見しているのです」

そう回答したのは調子のいいウィリアム・ダーシー。

「まぁ、わたくしったら失礼致しました。ダーシー様がまた以前のようにコソ泥よろしく塀を乗り越えて忍び込まれたかと」

「今回は前回の教訓を生かして、正門から入りました！」

ダーシーよ。自信満々に言うんじゃないよ。

「皆様の鑑賞を邪魔してはいけませんわね。わたくしはこれで失礼致します」

「公爵令嬢、しばしお待ちください」

真面目そうなハミルトン様が私を引き止めた。

「古来より恋慕うご婦人に歌を捧げるものです。私どもからロートリング公爵令嬢へ、そのご帰還に対してささやかながら喜びと慕情を紡ぐ歌を捧げさせてください」

「まぁ、セレナーデね」

これって普通、この世界のヒロイン（仮）である聖女マリアンヌに捧げるべきなんじゃないかしら？

そんなこんなで始まったセレナーデはなんと四人での合唱だった。

マンドリンだと思われるダーシー様の伴奏に合わせた男性合唱はなかなか美しくて眠気を誘ってくれる。

「静かで美しい真夜中に、あなたを呼ぶ
どんな花もあなたの美しさの前には萎《しお》れてしまう
ささやく梢《こずえ》に月の光、星の光、夜露の光

人に見られても、気にはするな、気にはするな！
今宵は世界のすべてが愛の歌を歌うだろう
あなたがここに帰って来てくれたのだから
さぁ、あなたの名前を強く叫ぼう、神のような
神々しい美しさで私を悩ませる
美麗なその姿に心は震えている
ナイチンゲールの鳴く声も、あなたを呼ぶ
やるせないこの恋を歌っている
愛はいつの世も変わらずに人々を悩ませ、幸福にする
鳥も知っている恋の悩み、胸の痛み
銀色の声で胸をゆすり、恋心を刺す、引き裂く
あなたに心があるなら聞いてくれ！
震えて待つぼくらのうち一人を選んで迎えてくれ
迎えてくれ！　麗《うるわ》しきぼくらの女神よ」

曲が終わり、私は四人に向けて微笑みかけた。

「皆様、ありがとうございます。素晴らしい歌声で驚きましたわ、良い夢が見られそう」

私は部屋に生けてある四本の薔薇《ばら》を手に取り、バルコニーから投げた。

「わたくしからの感謝の印です」

「まさに薔薇《ばら》の公爵令嬢……」

薔薇《ばら》を手に、ハミルトン様が呟いた。

「皆さんに千のおやすみなさいを送りますわ」

私は眠かったのでそう言い放つと、微笑みながら部屋に戻り、眠りについた。

◇◇◇

翌朝、どこから聞きつけたのか、『薔薇《ばら》の公爵令嬢首都帰還』という見出しが新聞各社にならんでいた。もっとまともなニュースはないのかしら?

……あら、ルイサ帝国とキイエフ公国の関係がいつのまにか悪化してたなんて知らなかったわ。注視しておかないと。八年前にも大きな戦があったと聞くし、こういうニュースを一面にすべきよ。

私の美しさなんて書いても仕方ないじゃない。ゴリマッチョがいないこの国で。

「お嬢様、馬車の準備が整いました」

「ありがとう、エマ。帰りにルイ・ファルジの香水工房に寄ります」

そう、新しい香水瓶に詰めるための香りを作るのだ。

「ルイ・ファルジ、元気にしていて?」

「はい、公爵令嬢様、おかげさまで幸せに暮らせています」

香水工房に先日持ち帰ったいくつかの香料を差し入れながら話し出した。

「今日はこのロートリングの香水瓶にふさわしい香りを作ろうと思って」

私はローズ・ドゥ・エリザベートの色彩でブーケが描かれた陶磁器の香水瓶を差し出した。

「なんと見事な……」

「レシピを考えてみたのだけど、プロの目で少し手直ししてくださらないかしら？」

「かしこまりました」

ルイ・ファルジはレシピを見て、いくつか書き込みをしたあと、さっそく抽出作業に取り掛かった。

私はその様子を魔法みたいだなと思いながら、のんびり眺めていた。

花やスパイス、柑橘、樹脂などの芳しい香りが辺りを包み込んでいる。

「——できましたよ」

ルイ・ファルジは満足げな表情で二種類の香りを試香紙《ムエット》で差し出した。

「オリジナルレシピと私がアレンジしたものです。裏のドアから外に出て試しましょう。ここは様々な香りがしますから」

私達は裏のドアから外に出た。

私のオリジナルレシピの香りは、まさに花を思わせる華やかな重厚感のある香りに仕上がっている。

ルイ・ファルジのバージョンでは、シトラスが加わって爽やかな香りが次第に華やかなフローラル、そして最後には樹木を思わせる香りへと変化して、やはりプロだと思った。

「いかがですか。私としてはオリジナルレシピも素晴らしいのですが、ロートリング領のイメージというよりエリザベート様を思わせる香りに仕上がっていると感じました。そのため私の方は自然を感じられるようにアレンジしてみました」

「やはりあなたはマイスターですわ。素晴らしい……。私個人用に香水瓶にオリジナルのものを詰めてくださる？　そして一般販売には貴方のアレンジレシピで売り出しましょう」

「かしこまりました」

こうして生まれた、ロートリング陶磁器の香水瓶に詰められた香水「ブーケ・ドゥ・ロートリング」は高価な値段設定にもかかわらず莫大な人気となり、諸外国でも宮中の空気が「ブーケ・ドゥ・ロートリング」で埋め尽くされているなんて事態になった。

こうして私はゴリマッチョ捜索費をまた稼ぐことができたってわけ。

香水の評判も順調だったある日のこと、ゴルゴンゾーラことグイスティ男爵令嬢から私の元へ手紙が送られてきた。なんでも以前の無礼を謝罪し、悩み事について相談したいとのこと。

私としては無視してもいいけれど、なんか他人の悩みって面白そう。だから話を聞くだけでもいいかなって思ってグイスティ男爵邸を訪れることにした。

「ごきげんよう、グイスティ男爵令嬢」

私はお得意の威圧するような気品ある笑顔を浮かべて男爵邸のサロンに腰掛けた。

グイスティ男爵令嬢のドレスはかなり品が良くなっていて白い肌が引き立つ深い青が似合っている。

サロンの内装は赤で統一されていて、インテリアもまあまあ趣味が良いわね。

「ロートリング公爵令嬢にご相談がありまして……」

「何かしら？」

私は優雅に扇を開いて微笑む。

「…………」

「…………」

早く言いなさいよ。

「黙ってたらわかりませんわよ？」

「あの……その……」

「はっきりなさい」

「どうしたら男性を虜《とりこ》にできますか！」

男爵令嬢の口から出るとは思えない発言に私は少しの間ポカンとしたマヌケ顔になってしまった。

高慢そうな男爵令嬢が私になんの相談かと思いきや、男性を虜《とりこ》にしたいですって？

「あなた、好きな方がいるのね？」

「べ……別にそういうんじゃないというか」

「じれったいわね、好きな方がいるんでしょ！」

「……はい」

「で、どんな方なの？」

「実は親が決めた婚約者の方で……」

グイスティ男爵令嬢は気まずそうにぼそぼそ喋るので、私はクッキーをつまみながらそれを聞いていた。

「話を聞いた時にはなんとも思いませんでした。王子様でもないし……。でもあの人に会った時、一目で恋に落ちたんです」

「うけるわぁ、それでそれで？」

「それで……、どうしたらいいのかなって？」

「……え？」

ちょっと、それだけ？

「どうしたら好きになってもらえるのかなって」

「あぁ、そういうことね。で、私に相談ね」

まだ始まってもいないってわけね。

「国中の男を虜《とりこ》にしたあなたならわかるかと思って」

なんかすごい枕詞付いてますけど、まぁ私は美しいもの。仕方ないわ。

「そうね……まぁ色々アプローチの仕方はあるけど」

「やっぱり新しいドレスとか化粧を変えないとだめでしょうか？」

「まぁ、それもなくはないけど。大事なのはそこじゃないわよ、お嬢ちゃん」

私は紅茶を一口飲むとビシッと言ってやったわ。

「いいこと、お嬢ちゃん。大事なのは男の特性を知って、適切に対処すること」

「特性……」

「殿方から声はかけられてるけど、好きなタイプじゃない方ばっかりで、気になる人には相手にされないって経験、ない？」

「あります、すごくありますわ！」

ピンと来ていない様子だったグイスティ男爵令嬢は、身に覚えがあるのか途端に目を輝かせた。

「人って自分のことが好きってわかっている、手に入りやすいものにはそんなに夢中にならないものなのよ。生き物の狩猟本能ってやつかしらね。だから、好みの殿方に対して、あからさまに好きアピールすると相手は逃げるわけよ」

「確かに……」

「かと言ってあからさまに淑《しと》やか淑女モードにすると他人行儀になりがちだし、無駄に疲れるし、逆効果よね。そういうのが好きな、眼中にない殿方が寄ってくるし。本当のあなたとは違うのに」

「まさにその状態ですわ……」

グイスティ男爵令嬢はがっくりと頭《こうべ》を垂れている。

そうよね、人生経験短い乙女なら悩むわよね。

「そこで、あなたがやるべきなのは友達と話すように気さくに振る舞うことよ」

「気さくに？」

「そうよ、恋愛感情がない相手と話すように、友人と話すような気さくさで会話をすることだわ。気取らずに素直な会話ができればよいのよ」

「でも何を話したらいいいか……」

「簡単よ。部屋の壁紙とか絵とか天気でもなんでもいいから、目に入ったものについて自分なりの感想を話すの」

「自分なりの感想ですか？」

グイスティ男爵令嬢は部屋の壁紙をキョロキョロと見回した。

「そう、相手が何を思うか考えなくていいわ。例えば、そうね……壁紙が赤いと私、苺《いちご》ジャムを思い出すわ」

「苺《いちご》ジャム？」

「子供の頃から好きで、苺《いちご》ジャムがついたクッキーは今でも常備してしまうのよ。あなたはお好きかしら？」

ここに来てからも数少ないクッキーレパートリーの中で真っ先に準備してもらったくらい。

「ええ、私も苺《いちご》ジャムのクッキーは大好きだわ。同じように子供の頃から」

「ね？　会話になるでしょ？」

「あ、本当だわ……」

「でもこれは導入に過ぎないわ。次なる手は、自分の話は極力しないこと」

私が二本目の指を立てると、グイスティ男爵令嬢もその真似をした。

「自分の話を極力しない？」

「導入がすんだら相手に話させるように仕向けていくのよ」

「相手に、ですか？」

「そうよ、人は自分の話をきちんと聞いてくれる人が好きだからね」

「話を聞く……」

「そう、上手い相槌をうちながら相手を観察することもできるし」

「なるほど」

男爵令嬢はポケットからノートを出し、羽ペンにインクを付けて書き出し始めた。

「やりすぎないことが大事だけどね。やりすぎると事情聴取になるから」

私は軽く笑ってクッキーを口に運んだ、サクサクしててうまいわね。

バターと小麦の優しい香りが心地いいわ。

「内容は軽い話の後に深い話を入れていくといいわね。例えば、とっかかりができたら、最近何に夢中ですか？　とか、小さな頃の夢ってなんでした？　とかね」

「深い話……」

「そうすると、相手に印象がしっかり残るの」

「なんだか怖くなってきましたわ。なぜそんな技術をご存知なの？」

二丁目で身に付けたのだけれど、この子に言っても仕方がないわよね。恋愛は感情だけでしているとと必ずしも上手くはいかない、だからテクニックが必要なのよ。

「秘密よ。で、恋や愛について話すというのも忘れないで」

「やだわ、恥ずかしい……」

「大事なことよ、例えばあなた、レモンを想像なさってみて」

私は黄色いフリージアが活けられているのを見て、思いついて言った。

「はい……」

「どんな味？」

「味って……まぁ、酸っぱいです」

「今、唾液が出なかった？」

「確かに。酸っぱいのを想像したら出ましたわ」

唾液を出すには梅干しかレモンよね。それはこの世界の人間でも変わらないみたい。

「人間って不思議で、それと同じように、そこになくても考えたりするだけで実際にしたかのように感じたりするわけよ。だから意中の相手に恋愛の話をすると」

「私と恋してる気分になるってことですか！」

グイスティ男爵令嬢は興奮したように椅子から立ち上がった。突然大きな声出さないでちょうだい。

「そこまで強くなくても、少しは影響を及ぼす可能性があるわね」

「す、すごい……。さすが、愛の女神と呼ばれているだけある……」

「そこまでできたら、相手が褒められたことがなさそうなところを探して、さりげなく褒めてみる。例えば、ゴリマッチョに対して筋肉を褒めても、よくあることだから普通だけれど、声が素敵ですねって言ってみるとか」

「確かに、自分のアピールポイントじゃないところを褒められると印象に残りますね」

「そうね、とりあえずそんなところから始めてみなさいな」

「ありがとうございます！　やってみますわ！」

男爵令嬢は立ち上がり、丁寧なお辞儀をする。

窓を見ると西陽が眩しかったから、そろそろお暇するわと告げて、私は屋敷に向かう馬車に乗り込んだ。

今まで色々な野郎と付き合ってきた私の力が活かせて満足だわ。

そう思いながらも、馬車の外の景色に目を向けて、何か満たされなかった過去の恋を思い出していた。

『お前の気持ちがわからないよ』

『君の優しさは感じても、そこに愛が感じられないんだ』

『愛してくれてないよね』

離れていった男達の言葉はなぜか胸に染みついていた。

「愛ってなんなんだろう」

私はそんな独り言を誰に言うでなく呟いたけれど、夕映えの風景の中に消えていくだけだった。

それからしばらくして、グイスティ男爵令嬢から手紙が届いた。なんでも上手く話したりしてお互い良い雰囲気になったというお礼と近況報告だ。

私はうわついた雰囲気の手紙にくすりと笑い、箱にしまった。

手紙の二重唱は混乱中

「お嬢様、お約束はないのですが、グレンマイア伯爵がお見えです。いかが致しますか」

「グレンマイア伯爵？　どなたかしら。いいわ。サロンにお通しして」

先触れがないなんて殿下以来。珍しい来客もあるものだと私はエマに着替えを手伝ってもらい、身支度を整えた。

毎度着替える度に、前世で聞いた『ハプスブルク家の皇妃はいつでも申し分ない完璧ないでたちであるべし』という家訓をなぜか思い出してしまう。

私は鶯色のサテンのドレスに着替え終わると、サロンでグレンマイア伯爵を迎えた。

「ごきげんよう、グレンマイア伯爵。いかがお過ごしでらっしゃいますか」

グレンマイア伯爵は貴族名鑑に載っていたのを見たような気もするが、記憶から消えてしまっている。

目の前にいるハンサムな男性は貴族らしい優美な振る舞いで会釈をし、その姿勢からは育ちの良さ、バレエダンサーのような体型からは貴族らしさがにじみ出ているが、夢見るような瞳とぼんやりした顔は若者特有の甘えが見受けられる。

「ごきげんよう、ロートリング公爵令嬢。突然申し訳ない。実は折り入ってご相談がありまして」

若き青年伯爵が公爵令嬢の私に相談だなんて何かしら？

思い出す前は顔見知りだったのかもしれないけれど、明日はキャンディでも降るんじゃないかしら。

「まぁ、なんでしょう。お力になれることなら協力しますわ」

「実は、私、婚約を致しまして……」

「あら、おめでとうございます」

照れ臭そうなグレンマイア伯爵にお祝いの言葉を言う。

「両親が決めた縁談がまとまりましてね。相談というのは……」

そこでグレンマイア伯爵は一旦言葉を止めた。

「女性とどう接したら良いのかわからないのです」

「あら、お気づきになられていないかもしれませんが、一応私も女性ですのよ？　私と接するようになさったらよいのでは？」

「あなたは美の女神であり、尊敬こそすれ、愛情を抱くなど恐れ多いですが、それゆえに心の内を話しやすいのです」

なんか複雑な気持ちだわ……

まぁ、グレンマイア伯爵は奥手な感じするものね。

軽薄なウィリアム・ダーシーと足して二で割ったらちょうど良さそうだわ。

「直接話すのが恥ずかしいならば、手紙にするのはいかがでしょうか？」

「手紙？」

「直接話せないことでも、手紙なら話すことができますもの」

束の間、顔色を明るくした伯爵だったけれど、すぐにまた悩み始めてしまった。

「でも何を書いたらいいのか。お互い、紹介されたばかりですし」

「そうですわね……」

私はほんの少し考えた後、良い案を思いついて呼び鈴を鳴らした。

「エマ、ペンとインクと紙をお願い」

それからグレンマイア伯爵の方へ向き直ると、私は悪戯するように笑って言った。

「私が代筆して差し上げますわ」

ペンをインクにつけてサラサラと紙に記していく。


あなたは今、何をされていらっしゃるのでしょうか？

私は宮廷の花園で美しい紅薔薇《ばら》が見事に咲いているのを見つけました。

それを眺めているとあなたのことを思い浮かべました。

その赤い花弁を見つめているとあなたのそのくちびるを連想して、ため息をついています。

庭のナイチンゲールが歌うとあなたが歌う姿を思い出すのです。

あなたの婚約者
ヘンリー・グレンマイア伯爵

「いかがかしら？」

「美しい文章だ！　私の気持ちもしっかりと込められている。ありがとうございます！」

感心した様子のグレンマイア伯爵に、私は手紙を渡した。

「ところで婚約者の方はどなたですの？」

「グイスティ男爵令嬢です」

「まあ！」

これは意外な偶然だわ。

「グレンマイア伯爵はグイスティ男爵令嬢をどう思ってるの？」

「……わかりません」

「わからない？」

「彼女は忘れてるかもしれませんが、婚約前に一度だけ顔を合わせたことがあるのです」

「婚約前に？」

「はい。あれは私の屋敷での舞踏会で、彼女が壁の花になっていた時でした。私が彼女の手をとりダンスに誘うと、彼女はずっとしゃべり倒していて……」

なんか想像できるわ。

「思えば、その時から彼女が気になっていたのかもしれません」

「それは好きってことじゃないかしら？」

「そう、なのでしょうか？」

グレンマイア伯爵は私を見つめながら言った。

「ロートリング公爵令嬢、愛とは一体なんでしょう？」

なんで私に聞くんだろう。

「私に聞かれてもわからないわよ」

私がそう突き放すと、グレンマイア伯爵は立ち上がって、丁寧な礼をしてから帰っていった。


グイスティ男爵令嬢の訪問を受けたのはその翌日だった。

「あぁ！　エリザベート様！　どうしましょう！　お手紙が届きましたのよ！　あぁ、私どうしたらいいのかしら困ってしまうわ！　あの方ときたら無口な方だから、私のことをこんなに思ってくださるなんて知らなかったわ。見てちょうだい、この愛に満ちた美しい文章！　胸がときめかない女なんていないんじゃないかしら？　私を紅薔薇《ばら》に喩《たと》えてるところなんて、とっても恥ずかしいわ。私の唇を見つめてらして、それが印象に残っているだなんて、なんてことかしら！　あぁ、でも、どうしたらいいのかしら、わからないわ。私をナイチンゲールですって！　そんなに良い声かしら？　それにしても、グレンマイア伯爵がこんなにも私のことを思っているだなんて知らなかったわ」

「グイスティ男爵令嬢、椅子におかけになって少しお茶でも飲んで落ち着いてくださらない？」

それからしばらくの間、止めなければ永遠にしゃべっていそうなグイスティ男爵令嬢を落ち着かせることに私は専念した。

「――私、どうしたらいいかしら？」

「手紙の返事をお書きになったらよろしいだけじゃないかしら？　戸惑うことないわ。さっさとお返事なさいよ」

そう言うと、グイスティ男爵令嬢は顔を真っ赤にした。

「無理よ！　お願い！　私の代わりに書いてくださらない？」

「嫌よ」

「お願い！　お願い!!　書いてくれるまで私、動かないわ！」

あまりに必死にうるさくわめかれ続けるので、私はしまいには観念した。このまま騒がれ続けるくらいなら手紙を書いた方がマシだわ。

「わかりました。紙とペンとインクをお願いね」

気高く麗しい貴公子であるグレンマイア伯爵様

あなた様の言葉を目にするたびに私の心は

かつてない愛の喜びに胸を打つ、そう言ってもこの幸福の半分も伝わらないでしょう。

あなたが書いてくださった一つ一つの単語に私は心を乱され、満たされるのです。

グイスティ男爵令嬢　カテリーナ

「こんなものでいいかしら？」

「さすがは愛の女神！　私の心のままの美文だわ。ありがとう！」

そう言うと、グイスティ男爵令嬢は嵐のように立ち去った。

「ふぅ……」

「お嬢様……」

ため息をついた私に、エマが何か言いたそうなのを遮った。

「何も言わないで。わかってるわ。私、多分これから自分が書いた手紙に自分で返事をし続けるハメになるわね」

「お嬢様はお優しいですから」

「そんなことないわよ。グレンマイア伯爵家もグイスティ男爵家も莫大な財産を持っているわ。この代筆は高くつくわよ」

「そんなことおっしゃっても無駄ですよ。面白がってらっしゃるのはお見通しです」

「おだまり、エマ」

そう言うと私は笑いを我慢できなくなり、その後はエマと二人して笑ってしまった。

それからは予想していた通り、ほぼ毎日、私は自分で書いた手紙の返事を自分で書くことになった。

希望がないような闇夜にも明るく照らしてくれる。

美しい君を思い出しながらこの手紙を書いている。

あぁ、もし私に翼があれば、君のもとへ飛び立てるのに。

今はただ、月を見て君の面影を追い求めるだけだ。

ヘンリー・グレンマイア伯爵

太陽のようなあなたへ
すべてのものを明るく照らすように
私にはあなたがすべてを導く光なのです。
あなたのお手紙を読むたびに心には光が満ちあふれ、
あなたへの想いが胸から飛び立っていくのです。
グイスティ男爵令嬢　カテリーナ

っていう具合にね。

代筆にも飽きてきた頃、こんなんじゃ埒《らち》があかないと思った私は、グイスティ男爵令嬢とグレンマイア伯爵にお手紙を書くことにした。

愛について私は考えてみました。

私には答えがわかりません。

でも一つだけ確かなのは、上辺だけの着飾った言葉の上に成り立つものではないということです。

だから一度、ご自分の本音でお話ししてみてはどうでしょうか？

話し合ってみて、お互いを知ろうとすることからすべてが始まるのではないでしょうか。


書き上げた私はエマを呼び、手紙を送った。

数日後、グイスティ男爵令嬢の訪問を受けた。

「あなたのおかげだわ」

開口一番、優雅な礼と共にそう言った男爵令嬢に、私も礼を返す。

「コーテシィーがだいぶ綺麗になりましたわね」

「茶化さないでよ。本気で感謝しているんだから」

「で、上手くいったのね？」

代筆を通して随分気軽な関係になったグイスティ男爵令嬢に、私は紅茶をすすめながら聞いた。

「ええ、あなたのアドバイス通りに素直な気持ちを話したの。そうしたら」

グイスティ男爵令嬢はビスケットを頬張りながら話すので、あたりがビスケットくずだらけになっていく。行儀の方はまだまだね。

「彼もあの、舞踏会の夜を覚えていたのよ」

うっとりしたような顔でグイスティ男爵令嬢は話を続ける。

「お互いあの夜に恋に落ちて、そして運命の力で婚約！　本当に素晴らしいわ。これもすべてあなたのおかげだわ」

「私は大したことしてないわよ」

「本当にありがとう」

面白がっていただけの私にそんなふうにお礼を言われてもって思うけど、二人が幸せになったならいいわよね？

それにしても今回の件で私自身、なんだか色々考えさせられたみたい。

愛って本当になんなんだろう。

私にはわからないわ。

わかるのは私が一番美しいってことだけ。

でも、いつかわかる日がくるのかしら？

美食がないなら作ればいいじゃない

私にはこの世界に来てからずっと悩んできたことがあった。

それは料理についてだ。

お菓子は私がレシピを広めたこともあり、刺激されたこの世界の人々の手で発展中なのだけれど、普段の食べ物のバリエーションがあまりにもない。

私が飽食の日本にいたからって言うのもあるけど、来る日も来る日も、ただ焼いた血なまぐさい肉、魚のムニエル、サラダ、チーズ、ポタージュ、コンソメのローテーションみたいなのはさすがにキツイもの。

なんというか、大味で旨みみたいなものがないのよね。そのくせ思い出したようにシナモン、生姜、胡椒《こしょう》、丁子《ちょうじ》満載みたいな酷い味付けの料理が出てくることもあるし、どうしたらいいのかしら。

だって、食事って人生でもかなり大事な部分でしょ？

作ってくださるのはありがたいし、屋敷の料理人に感謝もしているのだけど、なんというかもう少し私の好みのものにしたいのよね。

「どうなさいましたの？」

「エマ、食事について考えていたのよ」

「何かございましたか」

エマは心配そうな顔をした。

「メニューとかって変えられたりするのかしら。調理方法とか」

「さぁ……なんとも言えませんが。聞いてみたりリクエストはできると思いますよ」

「では、そう伝えて……、いえ、料理長に会いに行くわ」

エマの案内でキッチンに降りていくと、そこでは料理長のトイフルがお茶を啜っていた。

「お嬢様、どうかされましたか？　小腹をすかされたのでしょうか？」

トイフルは軽食でも準備しましょうか、と人の良さそうな笑みを浮かべている。

「トイフルさん、今日はメニューについてお願いがあってきましたの」

「なんでしょう」

「シナモンや丁子《ちょうじ》を使った料理について、現状のものは刺激が強いのでやめていただきたいのと、血のソースを避けていただけないかと思って」

私も文献では読んだりしてきたけど、血を使ってソースにとろみやコクを出すのは十八世紀フランス宮廷料理には見られたわけだけど、ここでそれをほぼ毎日いただくとは思わなかったわ。

マリー・アントワネットは嫌いだったみたいだけど、私も苦手。獣くさいというか、なんというか独特よね。

トイフルは私の意見を聞いて考えこんでいるわ。

「実は私も悩んでおりまして。お嬢様がご提案されたお菓子に比べて、料理がパターン化していることに気がつきました。そこで、新たな料理を生み出してみたいとは考えているのですが、これがなかなか上手くいかなくて……」

「私でよろしければ新しいメニュー作りをお手伝いしたいわ」

了承を得た私達は料理長のノートから、現在のメニューレパートリーを点検しだした。

様々な調理方法があるが味付けについてはやはり、スパイスか血を使ったソースが多い。

このスパイス、ソースがベースでほぼ変わらないからパターン化してしまうわけよね。

「なんでこう血を使うソースが多いのかしら」

「栄養がありますし、とろみが出るからですよ」

「ならばバターと小麦粉で作るルーに替えてはどうかしら？　そもそもとろみをつけないソースはどう？」

「とろみをつけない？」

トイフルはそんなこと思いもしなかった、という様子で聞き返した。

「例えば、玉ねぎときゅうり、トマトをみじん切りにして、オリーブオイル、バルサミコ酢、塩、胡椒《こしょう》で味を整えたものをソースにするのはどうかしら？　栄養もあるし、夏の魚料理に合うと思うわ」

「一度試してみましょう」

トイフルは私に途中確認しながらも手早くソースを作り、完成させた。さすが料理長、手際が良いわ。

「さっぱりしている、レモンを加えても良さそうだな」

「確かにレモンがあると魚がさっぱりしますね」

デザート用のスプーンで味見をしながら、感想を述べていく。

「あとは……肉料理についてだけれど、フルーツソースなんかはどうかしら？」

「フルーツを、ソースにですか？」

「ジビエに使えると思うの。オレンジジャムをベースにしましょうか。オリーブオイルで玉ねぎを炒めてオレンジジャムに蜂蜜、マスタード、塩を加えて煮込めば出来上がり。簡単でしょ？」

「ちょうど鹿肉のローストがありますから、作ってみたらそちらで試食しましょう」

トイフルはまた手早くソースを作り、鹿肉のローストで試食をすることにした。

「なかなか悪くないわね。冷製のソースにも温かいソースにもなるし、くどくなくて良いと思うわ」

「コクが足りなければ出汁《フォン》を加えても良さそうですね」

「お嬢様、こちらを晩餐に出そうと思います。他にもアイデアをお持ちでしたらお聞かせいただけませんか？」

というわけで、毎日私は厨房に行き、料理人達に新しい料理を伝授しているってわけなのよ。

「例えば牛肉ですけど、まずよく叩いて、隠し包丁をいれるの。そして赤ワインと煮込む時に、このハーブを小さじ一入れるのよ。加熱したらアクが出ますから、こまめに取りましょう」

私が実演しながらみんなに説明する。今日は牛肉のブルゴーニュ風よ。

昔よく作ったのを思い出すわね。翌日も余ったら野菜と肉とカレーのルーを足してカレーにしてみたり、トマトを加えてパスタソースにしてみたり、使い回し料理にも最適よ。

「よく煮えたわね。さぁ、食べてみて」

厨房のみんなが味見をするために皿に大鍋から料理をよそっていく。

「うまい……」

「肉がやわらかい！」

「こんな美味しいもの初めて食ったぞ！」

そう口々に感想を述べながら、すごい勢いで食べていく。かなり好評ね。あっという間に空っぽ。

またある日には、ビーフウェリントンの作り方を伝授したわ。

「しっかり味をつけた牛肉を、ソースと共にパイ生地に包むのよ」

「これは面白い……」

厨房のあちこちから感心したような声が聞こえる。

「中で蒸し焼きになるから、ただ焼くだけと比べてもお肉が柔らかくて美味しく仕上がるのよ」

「早く食べてみたい……」

「まだよ。だって、焼いてもいないじゃない。卵黄をよく解いてパイ生地に塗るのを忘れないで、美味しく仕上がりますからね」

オーブンに入れてしばらく待つ。その間に使ったものを石鹸《せっけん》で洗うこと。煮沸消毒、アルコール消毒についてもしっかりと話すことにした。

幸い、みんな理解してくれたから、今後は安心してご飯が食べられそうだわ。

焼き上がり、私がカットしてサーブするとこれまた大人気で、伝授したレシピ達が国中に広がるのも遅くなかったわ。

一番大事なのはいわゆる出汁だったり、スパイスの使い方、コクの出し方といった基礎を教えこむことだったけど、みんな美味しいものが好きなのね。瞬く間に浸透していって良かった。

私だってすごく料理が上手というわけじゃないけど、おかげでこの国の料理の質は格段に上がったわ。

そのせいか料理本を出したらどうかだなんて言われたりしたけど、今はやることが多すぎて手が回らないからと断ってしまったわ。

第一私自身、分量とか曖昧《あいまい》、いえ、適当にしてしまうから向かないのよね。レシピとか書くのは、やっぱり長年の勘で作ってしまうもの。

そんなふうに食を極めているうちに、私はあることに気づいたの。

「この世界にはプロテインドリンクがないのよね……」

朝ごはんがめんどくさい時にいいのだけれど。私の大好きな、スカートが捲り上がるブロンドの大女優が、朝は生卵に牛乳を混ぜてマルチビタミンを飲むって言ってたけれど、私の場合、もっと飲みやすいプロテインドリンクが欲しいのよね。

やっぱりまずいよりは美味しいものがいいじゃない？

「お嬢様、ぷろていんどりんく……、でございますか？」

「ええ、筋肉をつけるのに必要なドリンクのこと。待って、そう考えるとすぐさま作らなくてはいけないわ」

軍事学校で鍛えてる人々に足りないもの。

それは、そう！　プロテインなのよ！

「でもプロテインパウダーなんてないものね」

私はしばらく考え込んだ。プロテイン……、タンパク質でしょう？　一体どうやって作ったらいいのかしら？

「そうだわ！　エマ、良さそうな材料を用意してくれるかしら？」

しばらくして戻ってきたエマは、いくつかの材料をテーブルに並べていく。

牛乳に大豆をすりつぶしたもの、生卵、バナナ、ココアパウダーだ。

実際ただのスムージーな感じもするけれど、タンパク質が摂れることに変わりはないのだし、ないよりはマシよね。

「さぁ作っていくわよ。未来のゴリマッチョを育成するために！」

私は高らかに宣言し、プロテインドリンクもどきを作り出した。

追加で用意してもらった蜂蜜にりんご、生卵、牛乳、大豆を石臼で挽いて粉にしたもの、バナナとココアを加えて撹拌、とにかくひたすら撹拌する。

そして出来上がったのが、プロテインドリンクもどき（仮）。

「さぁ飲んでみましょう」

今回ばかりは自信がないから、味見するのにもドキドキするわね。少し気合を入れて一息で口の中に入れてみる。

……あら、わりといいんじゃない？　糖質多めだけど飲みやすいし、なかなか美味しいんじゃないのかしら？

「これをジム……軍事学校のみんなに飲ませて鍛えさせましょう」

みんなのマッチョ度があがるように励むのは私の使命だもの。

なぜなら私はゴリマッチョを追い求めているのですから。

そう、希望は捨ててないわ。必ずどこかに私を待っている素晴らしいゴリマッチョがいるはず。いなくても作り上げてしまえばいいのよ。

「エリザベート様！　教会から聖水の差し入れで……なんですかそれ？」

誇らしげにプロテインドリンクもどきを見つめる私の前に現れたのは、我らがヒロインこと聖女マリアンヌ。

「これ？　マッチョを作るために必要な栄養素を含む飲み物よ」

「ポーションみたいなものかしら？」

「ええ、そうですわ。これから軍事学校に成果の確認とこのプロテインドリンクを差し上げに行くの」

「私も行きます！」

それから私は同伴のマリアンヌと共に意気揚々と軍事学校にお邪魔して、みんなにプロテインドリンクを飲ませまくったわ。

みんなからの評判もなかなかいいから、定期的に飲んでもらえるように量産の仕組みを作らなきゃ。

それにしても、早く優秀なマッチョが現れないかしら？

そんなことを考えながら午後は過ぎていくのでした。

◇◇◇

その日、私は庭の薔薇《ばら》を愛でようと側付きのミス・ノリスやチェスター男爵夫人と庭を散歩していた。するといつものようにエマがやってきて客人の来訪を告げた。

「お嬢様、ハミルトン様がお見えです」

「ではプチサロンに……」

「その必要はありませんよ」

私がいつものように指示を出しているとそれを遮るように、エマの後ろからハミルトン様が現れた。

「まぁ、ハミルトン様」

「驚かれましたか？」

「ええ、不作法だなって」

殿下やウィリアム・ダーシーの悪い影響を受けたのね。そう指摘すると、ハミルトン様は気まずそうな表情をした。

「それで、何のご用事かしら？」

「うちのワインについて、少しご相談がありまして」

「わかりましたわ。ミス・ノリス、今日はもう自由になさって。男爵夫人、悪いのだけれど、話し合いに参加してくれないかしら？　お酒といえばあなたですから」

「もちろんですわ」

私達はガゼボに腰掛けた。爽やかな風に薄っすらと薔薇《ばら》の香りが私の鼻をかすめる。

柔らかな日差しが庭に降り注ぎ、フランス式庭園とイギリス式庭園の合間にある人工川が殊更光り輝いているのが見える。どちらも似ているから私がそう呼んでいるだけだけど、この世界ではとくに様式名はないみたい。

青葉が明るい色味の赤い薔薇《ばら》に映えて、みずみずしい風合いを庭に与えていた。

少しの間だけ庭を愛でた後で、私はハミルトン様に質問をした。

「それで、ワインがどうなさったの？」

前にハミルトン様が風邪をひいた時、チェスター男爵夫人が実家の領地のワイン製造由来のアルコールで手助けしてくれたのよね。そのハミルトン様が、ワインについて相談に来るなんて、奇妙な縁だわ。

「それが……我が領では白ワインがメインの生産品なのですが、近年の赤ワイン人気に押されて売れ行きが悪いようなんです。うちのワインは葡萄《ぶどう》の甘さが足りなくて、ジュースにしてもそのまだと酸っぱくて飲めませんし、天候もそこまで良くはありませんから、赤を作ろうにも色が薄くて……。そこで才気に溢れたあなたに何かご助言をいただけないかと」

「そうね……」

なかなか手強そうな問題ね。私はチェスター男爵夫人にも話を振ってみることにした。チェスター領では赤ワインも製造していたはず。

「男爵夫人はどう思います？」

「そうですね……。白ワインをさらに蒸留したり、酸っぱいというのでしたら、いっそのこと酢を作ってしまうのはいかがでしょう？」

「良いわね。でも、酢はワインほど需要がなさそうだし、蒸留する方が良さそうね……。でも醸造量は減るし、それで上手くいくかしら？　開発まで時間もかかりそう」

赤の方が白より優れているところ……。味の濃さが人気なのかしら？　考え込んでいた私はふと思いついたことを口に出してみた。

「酸っぱいなら、甘くしたらいいんじゃないかしら？」

「甘くする？」

自領の葡萄《ぶどう》の酸っぱさをよく知っているだろうハミルトン様が難しそうな顔をした。

「お砂糖。そう、ワインに、お砂糖を溶かしたもの……シロップなんかを入れたらいいんじゃないかしら？」

「確かに、酸味についてはそれで解決するかと思いますが、それだけで人気が出ますでしょうか？」

「それだけじゃないの。そこに酵母を混ぜ込むのよ」

「酵母、ですか？　パンに使うものですよね？」

さすがハミルトン様、パンも焼かない貴族なのに博識ね。

「酵母を入れると、ガスが湧いてしまうように思いますが……」

「そうよ、それが狙いなの」

「いや、しかし……」

「とりあえずやってみなさいな。領地に戻って」

私はそう言って、私の常識外のアイデアに戸惑っているハミルトン様を無理矢理に帰した。

「エリザベート様、酵母とはどういうことでしょうか？」

「発泡するワインを作るということよ。シュワシュワして美味しいはず」

私の死因でもあるシャンパン――あぁ、シャンパーニュ地方で作ってないからスパークリングワインの作り方を伝授したってわけ。美味しい配合比なんかは自分で研究してって感じだけど。

「発泡するワインですか……。出来上がりが楽しみですわ。赤ワインが低迷したら、うちの領でもトライさせなきゃ」

「男爵夫人はアルコールならなんでもいいんでしょう」

いつかシャンパンが飲める日を楽しみに、私達は笑いながら庭を後にした。

令嬢は金の泡の輝きが欲しい

さて、好評を博しているファッションプレートの方だけれど、その後の連載については、デザインイメージを簡単に伝えたら、ベルタン嬢が頑張って記事やそれに合わせた新作を作ってくれている。開発した新作はベルタン嬢の仕立て屋の新商品になるから、これもウィンウィンてやつね。

「既製服の概念は面白いのですが、服はサイズ感が命ですから、なかなか難しいですわね」

「なんとか、そのあたりのところが上手いことならないものかしら？」

ベルタン嬢はアイデアを書き留めているらしいメモ帳を取り出した。

「例えばですけれども、既製服でもウエストサイズを購入された方ピッタリに変えられるようにするとかなら、ある程度多くの方が着られるようになるかもしれませんわね」

「そう、なかなか難しいわね……。例えばだけど、ウエストに太めのリボンを通して、ウエストサイズによって締め付けたりゆるめたりできるようにするのはどうかしら？」

「ふむ、悪くありませんわね。でも、それだとバスト部分がぶかぶかになってしまうかもしれませんわ」

ベルタン嬢はサラサラと下絵を描いて見せてくれたが、体型によって調整が難しい部分についてしっかりとチェックも入れていった。

「そうね、お胸えぐれているレディは困るわよね」

「え、えぐれてるわけではありません！」

スレンダーな体型のベルタン嬢は憤慨した様子で自分の胸元を押さえた。

「冗談よ。まぁ、それはさておき、ドレスの上半身部分を後ろ締めのコルセットみたいにしたらどうかしら？　そしたらバストもウエストもきちんと調整できるんじゃない？」

「……確かに、それなら上手くいきそうですわね。スカート部分を分離させて身ごろや丈を何パターンか用意しておくなら背の高さは関係なくなりますし、良い案ではないでしょうか？」

「ならこれでいくつかデザインを作って、手始めに三サイズ展開にしてみたら、既製服店もできるかしら？」

胴長、脚長は上下のサイズをそれぞれ変更すれば、実質九サイズにもなる。

「そうですね……。ですが、まずはアクセサリーや帽子屋として始めて、既製服も売り出す方が安心な感じはしますね。みんな初めてのものは警戒しますから」

「なるほどね、ではその路線で行きましょうか。サンプル品ができたらまた見せてくださる？」

「かしこまりました」

こういったやりとりを重ねて、なんとか既製品を売る新しい店もオープンできたわけ。

もう大分経つけれど、既製服は中流階級のご婦人方に受けたようで、生地を丈夫で手入れしやすいものにし、価格もおさえたら売り切れも出るくらいよ。二ヶ月経った今では、完売だらけで最近では欲しがる貴族もいるくらいよ。

「――なんだか私、経営ばっかしてるわね。某ホテルの社長みたいに愉快な帽子でも被ろうかしら？」

「ホテルの社長？」

「あぁ、気にしないで。なんでもないわ」

もちろん貴族として表立って商業系の運営はできないから、その辺りはベルタン嬢にお任せしてるわ。ファッションプレートで発表しているドレスや新作については既製服も合わせて私が広告塔として着てるけど、大変な人気でみんながとびついてるみたい。

化粧品の方の商会はルイ・ファルジが上手くやってるし、貴族らしい慈善事業もできる範囲ではしてるし。それぞれ得意な人に任せてしまうのが良いと経験からわかってるのよね。

そんなふうにしていくと、私の仕事は任せた人間が自分を裏切らないかを見極めることが主になるわけだけど。

「わたくしは退屈が怖いのです」とマリー・アントワネットが言っていたけど、私には退屈なんてしてる暇がないわ。

それから、ゴリマッチョ探しだって真剣に始めないと。いつまで経っても私の異世界ウハウハライフがちっとも豊かにならないじゃない？

唯一の誤算だけれど、私が提案した既製服はベルタン嬢の助言で開いた化粧品店の片隅であまりパッとせずに売られている。

見栄や建前が重要な貴族階級からは見向きもされず、比較的裕福な中流階級の人々が部屋着として買っているようだ。

まぁ、私が考案したものすべてが人気になるのも変よね。仕方ないわ、新たなものをまた考えよう。

ふと、窓の外を眺めてみると青い空、樫の木がそよそよと揺れている、穏やかで平和な光景だ。

こんなふうに外を眺めてると室内にいるなんて勿体ないような気がしてくるのよね。

私は庭を散歩することにして、いつものように側付きのミス・ノリスとチェスター男爵夫人と共に庭に向かった。

プラタナスの並木を私は黙って歩き続ける。

私はこの世界に来て良かったのだろうか？

特にチート能力もなく、なんとなく記憶にあったことや運の良さでここまで来たけど、いつもこれで良かったのか考えてしまうのよ。

私以外の人の方がこの世界にとって良かったんじゃないかとか、絶対もっといい人いたんじゃないのかしらってね。

前世だって三十代の髭《ひげ》面小太りおじさんで、ちょっと歴史について語ったらバズってもてはやされて、テレビ出たり、本出したからって、愛されるわけじゃなかったもの。

輝くような場所で、たくさんの人に囲まれていても寂しかった。

結局、ここでだって運良く生まれついた身分と美貌だけしかみんな見てなくて、私自身のことなんて見ちゃいない。

なんで神様は私をこの世界に生まれ変わらせたのかしら……

「ロートリング公爵令嬢！」

「はっ！　びっくりさせないでよ！　もう！」

柄にもなく狼狽《うろた》える私の後ろにいたのは、蔓《つる》で編んだバスケットを持ったハミルトン様だった。

「失礼。あなたに一番はじめに味見をしてほしくて」

ハミルトン様はバスケットからボトルを持ち上げる。

メイドや侍従が庭先に用意してくれたテーブルに着くと、ハミルトン様がボトルの栓に手をかけた。

ポン！　という音と共に弾ける泡の音。

注ぎ口から溢れた液体がグラスに注がれるとキラキラしたきめ細かい泡がたちのぼっていく。

「エリザベート様、すごい！　パチパチしていますわ」

チェスター男爵夫人が興奮した声をあげる。

「美しいし、素晴らしい香りがするわ」

ミス・ノリスも同意するようにグラスの中に夢中になっていた。

「さぁ、どうぞ」

ハミルトン様からグラスを手渡されて、私は一口いただく。まだ若いからスッキリしているけれど、今後最低でも七年寝かせたら旨味が出てくるだろう。

でも、このフレッシュさも悪くない。

「美味しいわ、素晴らしいわね」

「ロートリング公爵令嬢。あなたのおかげです。本当に、ありがとうございます」

「私は何も……」

「あなたが私の領地を救ってくれたんだ。ありがとう」

「私はただ、他人の知識をあなたに伝えただけよ」

「僕のためや領民のためにね。あなたには何の利益もないというのに」

「褒めても何も出ないわよ」

私はハミルトン様に微笑んだ。

チェスター男爵夫人もミス・ノリスも楽しんで飲んでるみたいね。

ふと正面を向くと、ハミルトン様はなんとも言えない顔で私を見つめている。

「とても綺麗だ」

「知ってるわ。毎日鏡で見てるもの」

「お二人とも。イチャイチャ中に大変恐縮ですが、このワインはなんというお名前?」

「男爵夫人ったら、イチャイチャしてないわ」

「発泡ワイン?」

ミス・ノリスは呟くように言う。

「あら、冴えませんわね」

「じゃあスパークリングワインにしましょ」

こうして、シャンパンもとい、スパークリングワインがこの世界に生まれたの。

数本いただいておいて、大切な時に飲みましょう。

◇　◇　◇

翌日は久しぶりに何も予定がなく爽やかな天気だった。こんな日は部屋の中にいたらもったいないわよね。

「エマ、使いを出してくれる？　聖女様に」

細かい準備はエマに任せて、私はキッチンに降り立つと料理人達に指示をしながら料理を始めた。

「ちょうど良いサイズのバスケットってないかしら？　お料理を詰めていきたいのよ」

「ありますよ、これはどうですか？」

「完璧だわ」

私はるんるん気分で用意できたものを馬車に詰め込む。折よくやってきたマリアンヌを馬車に乗せて、美しいロートリング領の花畑にやってきた。

邪魔にならない場所に椅子やテーブルを用意して、持ってきたものを並べた。

「エリザベート様。遠出してお茶の時間を過ごすなんて、とても画期的ですわね」

「まぁ、マリアンヌ。むしろ今までしてこなかったのがどうかしてるのよ。こんなに楽しいのに」

そう、私達はロートリング領での「ピクニック」を楽しんでいる。

「今日も美味しそうですね！」

「良かったわ、喜んでもらえて」

今日のメニューはシンプルにローストビーフ、鳥の唐揚げ、鴨のソテー、牛挽肉とハムのパイ、ロブスターのテルミドール、サラダ、チーズのサンドイッチ、フランボワーズのジャムとそれに合わせるバタービスケット、苺《いちご》とりんごのパイ、キャビネットプディング、フルーツケーキ、生の苺《いちご》、バナナ。

という感じで少なめにしたわ。ええ、なんと言おうと少なめよ。

「紅茶はロートリングの茶葉を使ったフレーバーティーにしたわ」

「フレーバーティー？」

「さぁ、試してみて」

持ち歩き用のポットから注がれたそれを、マリアンヌが興味深そうに見つめる。

「甘い香りがして、とっても美味しいです」

「ジャスミンとバニラを取り寄せて香りをつけましたの」

「バニラ？　聞いたことありませんわ」

「ルーカスガーダマという南の大陸で発見された貴重なものよ」

最近見つけたのだけれど、これでまたお菓子作りの幅が広がるわね。

「まぁ！　そんな場所があるのですね」

マリアンヌは紅茶を飲みながら新しい大陸に思いを馳せているようだ。

「いつか色々な場所に行けたらいいな」

「マリアンヌ様は行けるんじゃない？　聖女だから、各地を回ったりするべきよ」

「そしたら、エリザベート様も一緒に来てくれますか」

「あなたがお呼びだてしてくださったらね」

「もちろんしますわ！」

マリアンヌは天使のような笑顔で、野獣のように鴨に食らいつきながら答えた。

「やだわ、あなた。だめよ、マリアンヌ様。ナイフとフォークで切らないと。まるで飢えた野獣みたいだわ」

「うっかりしちゃった！」

「かわいこぶっても私には通用しませんからね」

誤魔化そうとするマリアンヌにナイフとフォークを渡して笑い合う。

「エリザベート様、毎日ピクニックしたいですね」

「毎日だと飽きてしまうわよ」

そう言うと、マリアンヌは恥ずかしそうに続けた。

「エリザベート様、わたくしのことはどうぞマリアンヌと呼んでください。様はいらないですわ」

「なら私のこともエリザベートって呼んでね」

私は最後のキャビネットプディングを口に入れて、紅茶で押し流した。

辺りには優しい風が吹き、夕暮れの気配が山の向こうに微かに見える。

木々は印象派の描いたような、様々な色の木漏れ日を草の上に散らばせていて、まるでビザンチンにあるモザイクタイルのように思えるくらい美しかった。

紅茶から漂うバニラの甘い香りにうっとりしていたら、マリアンヌが妙なことを聞いてきた。

「私、恐ろしいことを聞いたんです」

「何かしら？」

「宮廷にいた若い女官が妊娠したそうです」

「あら、おめでたいじゃないの」

何が悪いというのかしら。

「結婚していないのに赤ちゃんができるなんて考えられないわ」

「そうかしら？　世間によくある話だと思うけど？」

「理由なく妊娠するなんて、キャベツを食べたからなのかしらって噂してるんです」

「馬鹿馬鹿しいわ。違うに決まって……」

ふとマリアンヌを見るが、キョトンとしている。カマトトぶっているわけではなくて、本気でわからないみたいだ。

この国には性教育ってあるのかしら？

「あなた、妊娠について何かしら教育を受けたことがあって？」

「いいえ……」

なんてことかしら。このままじゃ、この先ヒロインのマリアンヌがあのボンクラ王子様達と恋に落ちても、先行き不安しかないじゃないの。

「性教育はとても大切なことなのよ。運命の人に出会った時や生命の神秘に触れたい時に、どうしたらいいかの指針になるものなのよ」

「なぜ、そんなに大切なことなのに誰も教えてくれなかったのかしら？」

マリアンヌはその可愛らしい目をパチクリさせながら、疑問に思っている。

「それは多くの人が恥ずかしがったり、上品ではないと考えてしまっているからよ。それに、国や文化によって大きく捉え方が異なるものなの。わたくし達だってなぜか胸元はいっぱい開いたドレスは着ても足は見せませんわよね」

「確かに……モンテスパン嬢は胸がこぼれ落ちそうなほど開いたドレスは着てるけど、靴についてては見たことないです。私、割と気にしないで過ごしてきたから足見せまくりでよく怒られてます……」

マリアンヌは少し恥ずかしそうに答えた。

「そんなふうに文化や階級によって考え方が変わるのよ。でも私は性教育が必要だと思うわ。だって何も知らずにいて、悲しいことが起きてしまってからでは取り返しがつかないんですもの」

そう言いながらも、私はどうしたら良いか悩んでいた。

デリケートな問題だけど、女官が妊娠して騒ぐくらいだから早急な教育が必要だと思うわ。

「本があると良いですわね。学校で教えたりできるもの」

マリアンヌはふと思いついて口にしたのでしょうけど、それ、大正解だわ。

「そうね。大臣にでも相談してみましょう。父を通してやればよさそうだわ。教科書を作るからあなたも協力してね」

「はい！」

こうして、初めてのピクニックは優雅でアカデミックな雰囲気の中、成功に終わった。

が、そこからが大変だった。

現実の世界でもそうだけど、性についてはタブー視されているからみんなショックを受けていた。

あんなに恋愛脳なのにね。

お上品さを誇る貴族から「無垢《むく》な子供達にそのような話をするだなんて」という声もあったようだけど、女官の妊娠の話を父がしたら黙ったみたいね。

そして今ある教科書を参考のために見せてもらったのだけど。

「お父様、道徳や社会の教科書はありませんの？」

「そんなもの学校では教えないよ、学校は平民が行くところだし、子供の生活に必要ないからね」

「何を馬鹿なことを。子供のうちから道徳を教えないなんてありえないわ。クズばっかり増えるわよ、社会のこと何も勉強させなくて学校卒業させたら放り投げるの？　いったい何を考えているのかしら」

私は柄にもなく怒鳴り散らしてしまい、お父様は超絶びびってらしたわ。

ということで私は道徳の教科書作りをスタートさせて、社会の方に関しては王子やダーシー様、ハミルトン様達に依頼した。

王子なんだから社会について書いてほしいし、王子が作ったならば各方面の反対も抑えられるだろうと考えたってわけよ。

極めつきに「聖女様からの発案」ということでKO勝ち、私に困難なんてないのよ。

権力者への根回しは大事よ。

その後、ターナー氏の美しい挿絵が入った教科書が誕生し、性教育のほか、道徳や社会問題について教えたり考えたりするカリキュラムが生まれ、グランシュクリエ王国の教育水準が上がった。

また国民の健康状態についても著しく向上したとエドワード王子が言ってたわ。

彼のマナー意識も高くなってほしいわね。

これによりロートリング公爵令嬢は「教科書の守護者」という変な異名を持つことになったの。

そのうち「漬物の守護者」とか「ベッドカバーの女神」とか言われるんじゃないかしら……

それからしばらくしてのこと。

「パギにも孤児院を？」

私は事前に通知もせずにやってくる元婚約者の無作法な王子、エドワードをグランサロンに通してお茶とバターつきパンでもてなしていた。

事前に言わないから粗末なおもてなしですみませんと断りを言いつつ、事前に通知してこいよ、という嫌味を込めているが、この鈍感すぎる王子様には伝わっていないだろう。美味しそうにパンを食べている。

しかし、そんな気分も、孤児院を新しく作るという話を聞いて吹き飛んでしまった。

今まで首都のパギでは孤児を修道院で保護していたからだ。

しかし、修道院では子供達の面倒を見きれない部分もあり、また、私が作ったロートリング領の孤児院が大変評判が良いことから作ることにしたという話だ。

「殿下もほんの少しですが、王族として勉強や把握することだけでなく行動することが大切であるという考えをお持ちになられたのですね、良い成長ですわ……。まぁ、淑女の屋敷に事前通知なく来るとかいう無礼を常にかましているのは、ウミシダみたいですけど」

「ウミシダ……？」

「ええ、意味がわからなければお調べになってちょうだい、後で」

「ああ……」

殿下の無知で話がとっ散らかるのは嫌よ。

「とりあえず、孤児院を建てるのであれば子供達の部屋について、年少向けの集団部屋と年齢が上になった子用の個室が必要ですわね」

「部屋を分けるのか？」

「ええ、もちろんですわ。小さい子は孤独にならないよう少人数の集団にします。大人数にしないのは病気にならないためでもありますわ」

「なるほど」

殿下は興味深そうに私の話を聞いていた。

「それぞれの部屋を監督する管理者も必要ですし、警備、教師、医師、保育、指導者なども必要ですね」

「……そんなにか？」

「ええ、人攫《さら》いがありますから警備は必要ですし、他は当たり前に必要ですわ。それにたくさん国で雇えば雇用が生まれて失業者がなくなりますわ」

「正直なところ、孤児にそこまでの手厚さが必要なのかはよくわからないが、エリザベートが言うのであれば良さそうだな」

「殿下？　よくわからないですって？」

私は深い深い深いため息をついた。エドワード王子の養育担当は誰なのかしら？　マナーや教育が不充分すぎるわ……

「国のことを知るために、実際に首都だけでも見て、どうなってるか確かめてはいかがかしら？」

「自分の目で見る、か」

「はい、ただ読んだり聞いたことではなく。実際に見てみるの」

私は優雅に紅茶を飲み干して立ち上がった。

「エマ、衣装の準備を」

殿下はぽかんとした顔で首を傾げている。

「さぁ殿下、行きましょう」

パギの街は美しい石畳の織りなすタペストリーのよう。

私はそんなことを思いながらおバカ王子の手を引いて、様々な場所を歩いている。

私達は平民らしい服装に着替えて、念には念をいれて顔には暖炉の灰と泥までつけて、それぞれエド、リジーという偽名で呼び合うことにした。

ファンタジー世界らしくすべてが美しいこの街は、表面上は穏やかな街だ。

しかし裏の暗い通り道には、貧困で住む所がない人達がいる事実がある。

それでもみんな、ある程度は清潔に描かれてるけどね。けれど、王宮で暮らす殿下にとっては充分衝撃を受ける光景だったみたい。

「……この人達は？」

「仕事を失い、あるいは生まれた時からここにいるしかない、教育を受けることができない人々よ」

「知らなかった……」

「あなたの知らないことで事典が作れるでしょうよ」

「どうしたらいいのだろう」

エドワード殿下、それを考えて答えを出すのがあなたの役割なの。

「リジー、みんなに家とお金をあげたらどうだろうか」

「あなたのその考えは悪くないけれど、王宮の財力で足りるのかしら。それに、いつかお金はなくなるわ。根本的な問題解決にならないのではなくって？」

「確かに……」

「他には？　よく考えてみてください」

どこか呆然としていた様子の殿下は、だんだん真剣な顔つきで悩み出した。

「では、住む所は必要だから、皆が住める場所を用意して、働く場ができたらどうだろうか？　国庫に負担がかかりすぎないよう、収益も充分に出るようにする、とか」

「そうね……なかなか良いんじゃないかしら」

「本当か？」

エドワード王子ったら、少しだけ賢くなったんじゃないかしら。小学生くらいには。

「上手くいくかはわかりませんけれど。でも、今考えたアイデアを膨らませてみるのは、とても良いことだと思いますわ」

私が答えをすべて言うのではなく、少しでも自分で考えて答えを出してもらいたい。

彼はこの国の王子様なのだから。

「病院みたいに大きな建物を作り、そこに住まわせ、働かせて収入を与えたらどうだ？」

「言い方を変えただけにも思えるけど、より具体的になってきたから、もう少しつめて考えてみましょう。今、みんな働けていないのはなぜかしら？」

「働けるところがないからじゃないか」

「あら、けれどそこのカフェ、求人してるわよ？」

「確かに……」

「仕事はあるけれど、雇ってもらえないってことよね」

文字の読み書きができなければ、カフェで働くのは難しいだろう。

「つまり……必要な技能がないということか」

「そうかもしれないわね」

「では、働くための技能を身につけられるよう、教育所が必要になるな」

王子良いわよ。そう、そういう路線よ。

「ならどうするの？」

「人が快適に暮らせる部屋と、技能を学べる場を提供する施設などはどうだろう」

「良いと思いますわ」

答えの出た殿下はパッと顔を輝かせた。

「さっそく着手しよう！」

「わたくしもお手伝い致しますわ」

「ありがとう！　エリザベート！」

「お二人とも、お話がまとまったのは結構ですが、言葉が戻ってますよ！」

エマったらナイスツッコミだわ。

◇　◇　◇

それから私達は屋敷に戻り、企画書を作った。

かかる予算や人員、メリット、デメリット。

色々なことを考える力をアホ王子につけさせるのはなかなか大変だったけど、殿下も頑張っていたから良かったわ。

よい君主になるため、少し遅いかもしれないけど頑張ってほしいわ。

私が企画書の仕上げをする殿下を眺めながら、優雅に微笑んでいると、いきなり自室の扉が開いた。

「あなた……」

またなの、どうして皆、こんなに無礼なのかしら。

「ダーシー様、あなたはいつも突然いらっしゃるのね。次からはお行儀というものを習ってからいらしてくださらないかしら？　次は追い返すか不届き者として首をいただくわよ」

突然現れたのはイケメン五人衆の中でも殿下に続くおバカ二号のダーシー様。

不法侵入したりと、行動力だけはある無礼者で困るわ。

「銀の月のようなあなたになら銀の皿に載せた私の首を捧げたいところですが、きっとまだ口づけはしてくださらないだろうと思うとできませんね、筋肉は前よりついてきましたが」

「そうね、まだまだ足りないけれど、おっしゃる通り筋肉もついてきたし、日に焼けて魅力的になりましたわね」

「ありがとうございます。そのお言葉だけで生きて戻った甲斐がありました」

私の言葉にウィリアム・ダーシーが胸を張った。

「大袈裟ね」

「私は今日、あなたに会えなければ死ぬつもりでした」

「まあ、あなたって大袈裟なお馬鹿さんね」

「恋する者を笑うのですか？」

「昔からそう言いましてよ、恋する者は愚かだって」

「二人とも、俺を忘れていないだろうか？」

恋とかいう単語が出てきたせいか、口を挟んできたエドワード王子が不安げに私を見つめる。

「いえ、忘れてなんていませんわよ」

「おや、すみません。見えておりませんでした」

私のフォローを余所に、ダーシー様が挑発するように言った。殿下の方はというと、その言葉にまんまと引っかかったのか、青筋を立てている。

「ダーシー、いい度胸だな」

どうでもいいけど、他人の家でキレないでちょうだい。特に私の家でね。

「殿下はもう彼女の婚約者じゃないですから、俺と彼女がどうなっても関係ないですよね」

「ちょっと、二人ともお行儀が悪くってよ。さぁ、お茶にしましょう。エマ、用意を」

「かしこまりました」

エマはきっとこうなることを察していたのだろう、すぐにお茶の用意が整えられた。

私は気を取り直して丁寧に紅茶を淹《い》れて二人に振る舞った。

「この際ですから申し上げますけど、お二人ともわたくしの恋愛対象には入っていませんからね？」

「ゴリマッチョになったら……」

「いいえ、これはゴリマッチョ以前のお話です。だってお二人とも幼稚すぎるわ。いったいおいくつなのかしら？　子供とはお付き合いできませんわ。どうして宮廷や社交界では完璧な紳士なのに私の前では赤ちゃんなのかしら？　それは親しさではなく、私に対しての侮辱《ぶじょく》でもありますよ」

プライベートな場だし、友人同士らしい二人にはこのくらい言っても構わないでしょう。そう思ってきっぱりと切り捨てると、二人とも顔を真っ青にして俯いてしまった。

「人は失敗をするものよ。それはなんの問題もないわ。だって人は変われるものだから。問題は失敗してるのに変わろうとせず、努力もせず、ずっと同じことを繰り返して成長しようともせず、甘えて漫然と生きていることだわ」

私は紅茶に砂糖をひとさじ足した。ティーカップの中では琥珀色の美しい渦にざらざらした砂糖がまきこまれて艶やかな光が輝き、不思議な魅力を振り撒いている。

「二人とも、恵まれた環境にいて、素晴らしい美貌を持っていて、勇敢で優しいのになぜ、知性や礼儀作法を磨くのを怠るのでしょう。私を口説くよりもあなた方は自身の優れた長所を磨いて、欠点を直す。あるいは美点に変えるといった努力をするべきなのじゃないかしら？」

言いすぎかもしれないけど、将来二人は国の重要な立場につく可能性が高い。

それが今、こんな状態なら先行きが不安でしかない。

二人には悪いけど、変われないなら、この平和なグランシュクリエ王国にだって革命が起きて社会構造が変わる可能性すらある。私の命を危険に晒《さら》すことにも繋がるのだから、そこを理解してほしいわ。

「わかった。私は王子として、やれること、学べることをすべてやろう」

「私も軍人として必ず、この国の平和を守ります」

「お二人が変わった時、もしかしたら好きになることもあるかもしれませんわ、私」

私はそんな無責任なことを言いながら悪役令嬢らしく微笑んで紅茶にマドレーヌを浸した。

晩餐会は突然に

麗《うるわ》しく晴れた青空の下、わたくしは素敵な椅子に座ってニコニコと微笑んでいる。

私は、エドワード王子により新しく出来た、例の救貧院のオープニングセレモニーに来ている。

エドワード王子も少し成長したわね。

あぁ、も・ち・ろ・ん！

私は貴賓席にいるんだけどね。

スペシャルアドバイザーとして、清潔な環境や食事、インテリアを決めたり、人員の採用などなど色々動いたりしたし、当然だわ。

救貧院はかなり大きな施設になり、トイレつきの個室、お風呂、就労するための技能を学ぶ教室、医務室、食堂、お仕事を斡旋する受付つきの事務所などを完備しているわ。

美しい薬草園にイギリス式庭園もあるのよ。

あの後、エドワード王子は高齢だったり、様々な理由で就労が不可能な人でもここで暮らせるように企画を修正したの。

入るにはこの国の国民であることが条件だけど、基本的にはみんな受け入れるわ。なぜならこのゆるふわ世界、現実世界と違ってあまり貧困者が少ないのよ。

まぁ、怠け者が出ないように審査はするし、滞在中の職業訓練は義務付けるけどね。

この救貧院にはただ貧しい人々を救うだけではなく、王家のイメージアップや、外国に対して先進国であることを印象づけるなどの効果もあるわ。

建物は美しくして、清潔な空間にしているし、食事も栄養価が高く、美味しいものを出すようにしているわ。

「お集まりの皆様。本日は王立救貧院のオープニングにお越しくださいまして、ありがとうございます」

エドワード王子は堂々とスピーチをしている。

あのエドワード王子が。

さながら授業参観に来たママみたいな気持ちよ！

「……ということもありました。しかし、その際もあちらにいるロートリング公爵令嬢の支えや知性により乗り越えることができました。彼女がいなければ私は愚かなままだったのです。彼女が与えてくれた学びや知識により、成長することができたのです。この救貧院が素晴らしいものとなったのは、ここにいる我がグランシュクリエ王国の女神によるものです。彼女を讃えましょう」

聴衆は私の方を見て一斉に歓声をあげる。

私は立ち上がり、この上なく優雅なお辞儀をした。

するとあたりはしばらく静かになってしまった。

なんかやらかしたかしら？　そう思った次の瞬間、拍手が巻き起こった。

そして割れんばかりの大きな歓声も。

「女神様万歳！　ロートリング公爵令嬢万歳！」

民衆の声を背に、エドワード王子は私の目の前にやってきて、手を引いて私を中央まで連れてきた。

「貴族が平民にお辞儀するなど前代未聞だ。しかしエリザベート、あなたはそれを威厳を損なうことなく優雅にやってのけた」

「まぁ、知らなかったわ。みんな黙っているから、一体どうしたのかしらと思ってしまったわ」

「ここにいるすべての人が君に恋してしまっているんだよ」

エドワード殿下は本当に変わったわ。私はからかうように囁いた。

「あら、殿下までダーシー様みたいに詩人にならないでね。あれはモテないわよ」

「そう、なのか？」

「ええ、めちゃくちゃキモいから。イケメンだからギリギリ許されているだけよ」

そう言って、いつまでも拍手をしてくれる民衆に優雅に手を振った。

◇　◇　◇

「晩餐会を開くですって？」

呼び出された書斎で、両親である公爵夫妻から告げられたのは、国王夫妻が一週間後の夜、ロートリング公爵家にいらっしゃるとのことだった。陛下のご来訪。つまり、晩餐会を行わなくてはならない。

「私は恐れ多いので部屋に篭っていますわ、お母様が万事上手くやってくださいますわ」

「それはだめだ。国王陛下はおまえとの会話を楽しみにしているそうで、晩餐会はおまえが取り仕切るようにと要望が届いている」

公爵は私に手紙を差し出した。

「なんて最悪な暴君なの！」

両親の前を辞し、書斎の扉を閉めた私は手紙を投げ棄てた。

それにしても時間がない。私はそのままキッチンに降りて行った。

「トイフルさん！　聞いたかしら？　両陛下が晩餐にいらっしゃるそうよ」

「はい、聞いております」

「まぁ！　私より早く聞いていたのね？　じゃあ、あなたにすべてお任せしようかしら」

「いやいや、両陛下がいらっしゃる晩餐会ですよ。どうかお嬢様のお知恵をお貸しください」

「……いいわ。腹が立つけどトイフルさんを困らせたくないし。あなたのために我慢するわ。さぁ、メニューを考えましょう」

私はパティシエのカレームさんを呼んで、トイフルさんとノートを見ながら唸った。

「公式な晩餐会じゃないから三コースでいいかしら」

前にも少し話したけれど、この世界はまだ、いわゆるフランス式サービスが主流。ここではグランシュクリエ式というけれどね。

前世で主流だった前菜、スープ、メインと一皿ずつサーブされるロシア式サービスではないのよ。フランス式は一度にテーブルに前菜からメインからすべてが大量に載せられて、目の前か近くの料理だけを食べて、終わったら次のコースとして違う料理が同じようにまたいっぺんに出されるというわけ。

「良いと思いますよ、時間もないですし」

「そうね、じゃあ最初は……」

私は第一コースにカリフラワーのポタージュ、鴨のポタージュ、鳩のビスク、鳩の根菜添え、牡蠣とキャビア添え、うずらのパテ、トリュフを詰めた鶏、羊のロースト、うずらのブレゼ、若鶏の詰め物キノコソース、リ・ドゥ・ヴォーのソテーラグソース、カツレツにした。

第二コースはキジのポタージュ、レタスポタージュ、たんぽぽと薔薇《ばら》のサラダ、ハムのパテ、ブランマンジェオレンジフラワー風味、茹でアスパラガス、アーティチョークハムのソース、フォワグラのラグー、鹿肉のタルト、フォワグラとトリュフのムース、野菜のテリーヌ風。

そして第三コースはシンプルにフロマージュ数種類、葡萄《ぶどう》、苺《いちご》、あんずのグラタン、クグロフ、さくらんぼのクラフティ、マカロン、フランボワーズのゼリー、レモンケーキ、いちじくのプディング、ベニエ・ア・ラ・ロワイヤルに決めた。

鳥系が多いのは地面から離れている食材の方が神に近いから尊い、というこの世界の考えを尊重したからだけど、内心はどうでもいいわ。

「どうかしら？」

「いいと思いますよ」

「何か足りないわね……、筒型の缶なんかはないかしら？」

「多分、どこかにあります。探してきます」

カレームが缶を探しに行っている間、私達は大きなボウルに氷室から出してきた氷を砕いて入れて、そこに塩を振ると小さな鉄のボウルを載せた。

小さなボウルにはラズベリーとオレンジのジャムを水で溶いたものを入れる。すると徐々に凍ってきたので、手早くかき混ぜてシャーベット状にする。

「これどうかしら？」

「美味しそうですね、しかし溶けませんか」

「なら作る時間の余裕がある第二コースと第三コースの間に口直しとしてめいめいに出したらどうかしら？」

「いいアイデアですね！」

トイフルが急いでメモをとった。

「第三コースには別の冷たいデザートを出したいの」

「別のもの、というと？」

「アイスクリームよ。さぁ作りましょう」

私はカレームが見つけてきた鉄の筒型缶をシャーベットを作った時の氷の上に置いた。

まずはきゅうりを皮むきしてタネを取る。そのあと細かく切って砂糖と水でよく煮込む。

柔らかくなったらつぶして滑らかになるまで濾《こ》して、スミレのリキュールとレモン果汁を加えて混ぜ、生クリームを泡立てたら先程のものとあわせて切るように混ぜる。出来上がったものを鉄の筒型缶に入れて、後は氷の上でくるくる回し続けるのみ。

「いつまで回したらいいですか、お嬢様」

「ずっとよ」

カレームが絶望的な顔をする。

美味しいものを追求したいなら耐えなさい。大変だろうけど。

時々蓋《ふた》を開けて固まり具合を見るのも大事。

あら、もうよさそうね。

「カレーム、あーんして」

「あー……ん!? うまい！　何だこれ！」

「トイフルさん、あーん」

「あー……、ちゅめたくておいしい！」

「晩餐会の最後にふさわしいでしょ？」

自分でも一口いただいた私が腰に手を当ててそう言うと、二人は目を輝かせて頷いた。

こうして晩餐会の準備は着々と進んでいき、迎えた当日、私は新調した薄いピンクのドレスにダイヤモンドの首飾り、イヤリング、ブレスレット、薔薇《ばら》の髪飾りをつけることにした。

「なんと美しい……」

王妃様はそう言うと固まってしまったわ。私からしたら王妃様も充分お美しい方ですけどね。

でも、私には負けるか。

「薔薇《ばら》の花の妖精が現れたのかと思いましたよ」

そう言って現れたのはダーシー様。

「いつものごとくお口が達者ですこと」

私は大量のろうそくで昼間のように明るい光の下、ダイヤモンドの朝露に濡れた薔薇《ばら》のように新鮮で光り輝いて見えるでしょうね。

内心は上手くいくか心配なんだけど。

まずはお客様をプチサロンでお出迎えして簡単なお酒やつまみを楽しんでもらって、第一コースのセッティングができたらホストとゲストを一人ずつ、男女ペアで食堂に入室してもらう。

私はエドワード王子と共に入室して着席した。真ん中に国王様、向かいに王妃様、それぞれの隣に両親である公爵と公爵夫人、私は国王陛下の隣に座ることになった。

そして、目の前の第一コースをいただきます。

さっきも話したけれど料理はすでにテーブルに載っていて、好きなものを好きなだけ取り分けて食べる形。椅子に座ったままだから、自分の手の届かない料理は基本的には諦めるのがマナー。

本当は他の方に頼んで取り分けてもらっても問題ないのよ、めんどくさいだけで。

あらかた済むと片付けられて第二コースが並べられていく。

なかなか不便だから十九世紀中頃には俗に言う『フルコース』、ロシア式サービスの、一人一人に一皿ずつお料理がくる方式に変わったのよ。この世界でも変えないとね。

そうこうしているうちに第二コースも終了ね。

「素晴らしい料理でしたわ。とくにこのパテの美味しいこと。胸焼けするようなスパイスもないし」

「このローストはかなりうまいな……ハーブが効いてる」

「料理もですけど、盛り付けやテーブルの装花も素敵で、目でも楽しませていただきましたわ」

王妃様をはじめ、陛下や出席者の方が口々に褒め称える声がする。良かったわ。首尾は上々みたい。

そう思っていると、次に運ばれてきた一皿に、みんなが困惑した表情を浮かべだした。

「なんだこれは？」

「お口直しのソルベですわ、召し上がってみて」

みんなおそるおそるソルベを口に運んだ。

「なんだこれは？　冷たいがうまい」

「まぁ、氷のように冷たいけど甘美な甘さ」

「これは薔薇《ばら》の香りがしますわ、削り氷やシャルバートともちがうわ」

「こちらは薔薇《ばら》のリキュールのソルベですわ」

私はみんなに笑顔を向けて話し出す。

「お食事の合間の余興ですの、さぁ最後のコースですわよ」

第三コースは甘いものが中心なので、みんな気持ちも解れて和やかに楽しんでいるようだ。

「素晴らしい晩餐会でした」

「光栄に存じます」

王妃様が褒め讃えると、国王陛下がそれに続いた。

「本来なら私の義娘になる予定だったのに、惜しいな……」

「もったいないお言葉です」

「エドワードは賢者ではないが真っ直ぐな人間だ。どうか考え直してはもらえないか」

「身に余る光栄です。しかしながら私に王太子妃は務まりません」

「そんなことはない。女王の風格さえあるのに」

「今日はなんだか褒められてばかりですわ」

私は美味しいアイスクリームを食べて会話をやめた。

第三コースも終わりコーヒーを飲んだ後、グランサロンに移り、お茶やお酒、クッキー、トランプ、ピアノ演奏などを楽しみ、完璧な成功の中で晩餐会は終了した。

部屋に戻った私は、着替えをしてベッドにダイブすると、ゴロゴロしながら達成感に埋もれて眠りについた。

貴婦人修行は大変

「エリザベートの淹《い》れてくれる紅茶は本当に美味しいわ。これ以上美味しい飲み物ってあるのかしらって思うわ」

青く澄み切った空に、綿菓子か羊が歩いているような雲が浮かび、美しい輝く昼下がり。

それはロートリング邸においては、楽団の美しい調べと共に爽やかな香りが広がるオランジュリーで優雅にお茶をいただく、私と聖女のファビュラスな時間。

「私が上手に淹《い》れられなかったら紅茶の人気がなくなるから、腕は落とせないのよ」

「エリザベート、少し忙しすぎるのではないかしら？」

「ありがとう、マリアンヌ。でも実際のことはほとんど人に任せているから、私自身は監督してるだけよ。だからこうして優雅にお茶もいただけるの」

私はお砂糖をたくさん追加して微笑んだ。

「エリザベート、私も上手に淹《い》れられるかしら？」

「ええ、やり方さえわかれば誰でも上手に淹《い》れることができますわ。少しやってみましょう」

メイドを呼んで新しいティーセットを一式準備してもらう。

「まず用意してほしいのは、できる限り質の高い茶葉ね。古くて香りが飛んでないかとか確認が必要よ。信頼ができる場所で買えば間違いないわね。あと必要なのが、汲みたての新鮮なお水。空気をいっぱい含ませたお水であることが大事なのよ」

「まぁ！　なぜなの？」

マリアンヌが熱心に尋ねる。

「紅茶にお湯を注ぐ時に、水に空気がいっぱい含まれていると、茶葉がジャンピングして美味しさがいっぱい出てくるからよ」

お湯を入れたティーポットに手をかざして温度を確かめてみた。うん、大丈夫そうね。

「まず事前にお湯を入れてティーポットを温めておいて。それから、汲みたての水をケトルに入れて沸騰させておくこと」

大抵はキッチンで温めたお湯が冷めてしまうから、ティーケトルスタンドを用意してケトルを置いて下からアルコールランプで温めるの。

「茶葉は一人当たりティースプーンいっぱいで充分。事前にティーポットに入れておきましょう。茶葉が細かい場合は味が濃く出ることがあるから量を調節しなくてはだめよ」

二杯分、マリアンヌは指示どおりに茶葉を入れる。

「沸騰して五円玉くらいの大きさの泡が出てきたら、すぐにティーポットに注ぎましょう。余りのお湯はティーカップに注いで温めておくと紅茶が冷めにくくて良いわよ。

今日みたいに部屋でケトルの用意をしている時は、冷めてないか確認してそのまま入れましょう。紅茶を買うと大抵、箱の裏に適切な時間が書かれてますから、それを守って蒸らすとよいわね」

そう言って、マリアンヌがティーポットの蓋《ふた》を慎重に閉めるのを見守った。

「……これで私も上手に淹《い》れられたんじゃないかしら？」

「マリアンヌ、それだけではだめよ」

「ほぇ？」

気の抜けた声を出すマリアンヌをびしっと指差す。

「気品に満ちた姿で優雅に上品に淹《い》れなくては。さぁ、やってみましょう」

「はい！」

「背筋を伸ばして、微笑みを忘れずに！　右手でティーポット、左手でソーサーを持って。いいえ、ソーサーにティーカップは載せてね？　そのまま注いだら大変なことになるわよ」

空っぽのソーサーを持っていたマリアンヌがあたふたとティーカップを載せる。

「注ぎ口をカップの縁から離さないようにゆっくり注いで。離して注ぐのはウエイターか風変わりな刑事か曲芸師くらいよ。そうそう良いわ、ほら、簡単でしょ？」

「た……大変腕が疲れますわ」

マリアンヌは細腕をプルプルと震わせる。まるでうまれたての子ヤギだわ。

「気にしないで、慣れるから。ほら、きちんと『ミルクはいかが？　お砂糖は？』って聞かないといけませんよ？」

「あっ……ミルクはいかがですか？　お砂糖は？」

「そう、よくできましたわ」

少し褒めると、マリアンヌはほっとしたように体から力を抜いてしまう。

「気を抜かない！　背筋を常にピンと伸ばしなさい。小麦粉袋じゃあるまいし。これでお茶会でも恥はかかなくてすむわね。淹《い》れ方一つで階級や育ちがわかるのよ……まぁ！　あなた、いったい何してるの⁉」

「ええ？」

お茶を飲んで一息ついていたマリアンヌはビクリと体を震わせた。

「あなた、カップのハンドルに指を通して……。だめよ‼　ハンドルは指を通さないでつまんでちょうだい」

「は……はいっ！」

「クルクルスプーンを回さないで！」

「はい！」

「前後に動かすだけでいいのよ！」

「はい‼」

それからも必死の顔でお茶を飲むマリアンヌに、マナーを教え込んでいった。

「よくできました。今日やったことは忘れないようにね。他国に行くなら覚えておいて損はないし、マナーや礼儀作法がわかれば自信がついて落ち着いて過ごせるはずよ」

「ありがとうございます！」

こうやってマナーを覚えて成長させないと聖女としてやっていくのが難しくなるから、少しずつ慣れさせないといけない。

私はそう思いながら未来に思いを馳せた。

聖女マリアンヌが王妃になることが彼女の幸せに繋がると信じて。


その日以来、マリアンヌとのマナーレッスンが本格化した。

「マリアンヌ、コーテシーはお辞儀なのだから、もっと優雅にゆっくりやりなさい」

「はい！」

「ふらつかない。背筋伸ばして！　そうそう……違うわ。もっと深く、深く、深く」

私も指導しながら、深くお辞儀をする。

「マリアンヌ、型はできたから、何でもないかのような笑顔でもう一度」

「はい！」

マリアンヌは弱音を吐くこともなく、礼儀作法を真剣に学んでくれている。

コーテシーはプリンセスとしてのお辞儀であり、これが優雅でなければ社交界にいることすら難しい基礎中の基礎。

デビュタント、つまり聖女お披露目会的なやつまでにマリアンヌをどこに出しても恥ずかしくない貴婦人に仕立て上げなくてはいけないのだ。

彼女の立場にふさわしい振る舞いができれば、少しだけでも悪意から逃れることができる。

けれどふさわしい振る舞いができなければ、そこに目をつけた輩の餌食になる。

だからこそ今は、歯を食いしばってでもやり抜かなくてはならないの。

「マリー・エリザベート、礼儀作法って意外と体育会系なのね」

「そうよマリアンヌ。今日から毎日スクワット百回を義務として行いなさい。コーテシーが楽になりますよ」

「はい！」

「次は歩き方よ、よく見ていてね」

私は足がよく見えるようにドレスの裾をしっかり持ち上げると、ヴェルサイユの摺足と呼ばれる独特な歩き方を披露した。

これは白鳥が湖を滑るように移動するかの如く歩く技術で、なかなか難しい。

しかし、聖女であるマリアンヌには習得してもらわねばならないわ。

「マリアンヌ、さぁ真似してごらんなさい。頭、肩は動かさないようにして歩いてみるとやりやすいはず」

マリアンヌは懸命に真似をしたけれど、なかなか上手くいかなかった。

「難しいわ」

「ゆっくりやってみましょう。頭を動かさないように意識してみて」

マリアンヌは聖女なだけあって練習すれば習得は早いから、丁寧に落ち着いて教えてあげることが大切。一歩ずつね。

「いいこと？　動きを習得したら今度は、色々な心構えについて、あなたに伝える必要があるわね」

「心構え……ですか？」

「ええ、そうよ。聞きたい？」

マリアンヌは静かに頷いた。

「優雅さや気品というものは、見せかけなら、今まで教えてきた通りにやれば皆、信じ込んでくれるわ。気品に満ち溢れて優雅な人、ってね。でもそれはあくまで見せかけだけなの」

マリアンヌはよくわからないというような顔をした。

「悲しいけれど、メッキみたいに簡単に剥《は》がれてしまうものなのよ。そのメッキが剥《は》がれれば、人はあなたを馬鹿にして、嘲笑《あざわら》い、貶《けな》すでしょうね。人は時に驚くほど残酷で意地悪になるものだから」

私は現世での自分の人生が思い浮かんだが、同時に歴史に名を残した誇り高い人々や言葉が思い浮かんできた。

「でもあなたがもし、心から優雅さや気品を育てて身につけたいと思い、実践してくださるのなら、たとえあなたがすべてを失っても残る宝物を得ることになるわ。そう、気品や優雅さを真に身につけたならば、それは何があっても奪われることがないのよ」

私自身、なんでこんなに熱を入れて話してるのかわからないくらい、力強くマリアンヌに気品や優雅さについて力説している。

「まずは自分ではなく、常に周りの人の幸福を考えなさい」

「自分のことでなく？」

「そうです、常に周りが幸せになるように優しさと思いやりを持っていれば自然に身につくはずよ、そして……」

私はそこで言葉を切ると、ただ、微笑んだ。

「心持ちについて、あなたにはすでに備わっているでしょう？　だから、頑張りましょう」

「はい！」

私達は笑顔で練習を続けた。

◇　◇　◇

形式上の謁見のデビュタントが済んでいない私は、マリアンヌの行儀作法以外にも、自分のことについて取り掛からなくてはならなかった。

「後ろ向きで下がる時にへっぴり腰になりがちだから、気をつけないといけないわね」

練習を終えた私は気分転換がしたくなって仕方なかった。

「麗《うるわ》しい公爵令嬢、ごきげんいかがかな？」

「まぁ、ダーシー様、悪くありませんわ」

「久しぶりにお会いしましたが、相変わらずの美しさ、いや、ますます美しさに磨きがかかっていますね。その美しい金の髪には太陽の光さえその輝きに頭を下げるでしょう。その目は青い湖にもあの可憐なスミレの色にも似て、類い稀な美しさを引き立てている。その美しい唇からは甘美な声が私の心を花開かせていくだろう。罪深き薔薇《ばら》の花びら二枚が私の唇を迎えてはくれるだろうか？」

相変わらずよく喋る男ね。

「大袈裟ですわね。色々な場所で心にもない美辞麗句を並べてらっしゃるに違いありませんわ」

「いや、私は本心でしか話しませんし、普段は無口な男ですよ」

「あなたが無口なら世界中の人は沈黙し続けているのと変わらないわね」

「ひどいな」

ウィリアム・ダーシーは言いこめられたというような笑いを浮かべた。

「まぁ褒めてますのよ。色々な言葉を知らなければ美麗な文章は浮かびませんもの。でも私、一つ疑問がありますの」

「何でしょう」

「あなたはいつも何をお隠しになってらっしゃるのかしら、と」

「隠すですって？」

ウィリアム・ダーシーは訝《いぶか》しそうに眉を顰《ひそ》めた。

「美しい言葉は仮面のようなものですわ。何かを常に隠している優雅なヴェール。その背後に隠された真意を知りたいのです」

「それはあなたへの愛です」

「嘘はいけませんわ、あなたは私をそこまでは愛してらっしゃいませんね」

「なぜそう思うのですか？」

「愛していたらこんなにも親しくはなれなかったでしょう。私にとってあなたとの会話はとても楽しい遊戯なんです」

「なんでもお見通しなんですね、あなたは」

ウィリアム・ダーシーはそう言うと、にこりと笑った。それは普段の仮面が剥《は》がれたような笑みだった。

「実は国内が少し荒れ始めている」

「何ですって？」

「噂だが民の一部に王政を批判するグループが生まれているんだ。そしてそれは貴族だけじゃなく裕福な市民へも矛先が向いている」

「そんな様子、感じたことなかったわ」

ロートリング公爵領の経営は順調だった。きっかけは他の領地か、私が記憶を取り戻す前にあるのかもしれない。

「私が心配してるのは君なんだ」

「私？」

「君は貴族な上に国有数の裕福な経営者でもある。特に恨まれてるんだよ」

「意味がわからないわ。慈善事業だってしてるのに何が不満なのかしら？」

雇用も産んでいるし、救貧院の設立にも手を貸したっていうのに。

「君が何をしたかは関係ないんだ。ただ目立つから、逆恨みされてるだけなんだ」

「酷い話だわ」

「だから気をつけて。充分に気をつけるんだよ」

「ありがとう、そうするわ」

私は笑顔で答えた。取り立てて治安が悪くなっている感じはしないのだけど、なんでそんなことになっているのかしら？　私は疑問に感じた。

この国では戦争もなく、平和で安定しているし、貧しい人々への支援だって始まったばかりだ。

少し調べてみる必要がありそうだわ。

「エマ、悪いけど調べてくれるかしら」

ウィリアム・ダーシーを見送った後、側に控えるエマに命じる。

「かしこまりました」

「必要があれば潜入調査もして。その間、私の身の回りについてはミス・ノリスについてもらうから」

「かしこまりました」

私はエマにお願いすると、側付きのミス・ノリスを部屋に呼んだ。

「ミス・ノリス、お茶にしましょうよ」

「素敵ですわね。今日はどんなお菓子がくるかしら。楽しみだわ」

私は呼び鈴を鳴らしてお茶の支度をコンサバトリーにするように命じた。ちなみにコンサバトリーというのは温室のことよ。

「最近、街に遊びに行ったりした？」

「ええ、お休みの時にミス・ウッドハウス──モンテスパンのお嬢様のコンパニオンですけれど、その方と一緒に参りましたわ。帽子屋を冷やかしに入ったんですけど良いのがなくて……あっ、そうだわ」

ミス・ノリスは、ふと奇妙なものを見たような表情を浮かべて話し出した。

「帽子屋にいた、多分ジェントリ階級のお嬢さんだと思うのですけど、その方が少し変だったんです」

「何が変だったの？」

「まず、ドレスですけど、お嬢様が着てるような流行の仕立ての良いものでした。でも肩が見えるほどだったんですのよ。しかも手袋もなしに」

確かに奇妙だわ。日が出ている間は基本的に肩や胸元が出ているドレスは着ないもの。そういうものは日が落ちてから着るものだし、レディは手袋なしで出歩かないから、たとえ汚れたとしても手袋はいつだって外さずにつけているものよ。

平民が貴族の真似をして、って言うならわかるけど、ミス・ノリスが言う通り流行の仕立てが良いドレスならば、かなり高額になるはず。それを買うとなるとこの世界の基準で考えてみても、ジェントリ階級つまり中上流位の人間ということになる。

ならば、そんなルール違反の服装をするなんて考えにくい……

「なんかとっても変ね」

「ええ、可愛いお嬢さんでしたけど聞き慣れない話し方で……。何というのかしら、アクセントに訛《なま》りがあって、何を話してるのかよくわかりませんでしたわ」

「訛《なま》りね……」

ふと思い出すのは通称「夜の姫君」と言われる職業の人のことだ。

地方から都市に出てきた若い労働階級の娘ができる仕事は基本的にはお針子ぐらい。

美貌や才気に恵まれてのし上がろうとするなら女優、歌手、ダンサーもあるけれど、一番早いのはお金持ちの愛人になること。

それなら訛《なま》っていたのはわかるけど、訛《なま》りがある愛人を許容するお金持ちは少ない。たいてい矯正させてしまうもの。

それなのに高価なドレスを身につけていたのは気になるところね。

「そのお嬢さんは美しかった？」

「それが、可愛いけれど美しい感じではありませんでしたわ。若々しさに溢れていて野の花のように素朴で自然といいますか。だからこそドレスとの印象もチグハグだったんです」

「ますます奇妙な話だわ」

私はしばらくの間考え込んでいたけれど、ミス・ノリスの興味はもうその女性から移ってしまったみたい。

「それよりパッチワーク用の布地を集めること、覚えてくださっていました？　だって今、すっかり立ち往生しているのですもの」

「ええ、ドレスに使う布地見本がたくさんあるわ」

私は見本帳につけきらなかった布がたくさん詰まった箱を差し出した。

「わぁ！　なんて素敵なのかしら。この小花柄は刺繍なのね。素敵だわ」

「あなたのパッチワークは見事だから出来上がりが楽しみだわ。お母様もお上手なんだけど、私は忍耐がないから裁縫には向いてないの」

「そんなことありませんわ。お嬢様はなんでもこなしてしまいますもの。忍耐がないというより、むしろ忙しいから向いていらっしゃらないだけですわ。裁縫の上達には圧倒的な暇がなければいけませんもの」

端切れにうっとりしていたミス・ノリスが首を振る。

「何もすることがなければ確かにね。裁縫は優雅な趣味ですもの」

「それはどうでしょう？　ヴァレンヌ伯爵令嬢のお屋敷に行かれた時のことを思い出しませんか？」

そう言うとミス・ノリスは笑い出した。

「だめよ……ふふふ……笑ったりしたら……。彼女、エレガントに縫い物をしているから何かと思ったら、ドロワーズを繕っていたんですもの」

私もヴァレンヌ伯爵令嬢が取り澄まして縫い物をしていた時の様子を思い出して笑ってしまった。

途中で自分が縫っているものがハンカチではなく下着だと気づいた伯爵令嬢は優雅に手を止めると、何事もなかったかのように座っていたクッションの後ろに隠していた。その様子がありありと目に浮かんでしまう。

ヴァレンヌ伯爵家は名家だけど、経済的にはなかなか厳しいのだろう。

特に伯爵家ともなれば出費も多いだろうし、これから先ヴァレンヌ伯爵令嬢の結婚で持参金やらのお金が必要になってくるだろう。

それを考えるとなんだか哀しい気持ちになってくる。

美しさ、家柄、金。この三つは貴族の結婚ではとても重要な要素になってくる。

自分で言うのもなんだけど、美貌も家柄も金もある私みたいな恵まれた立場の人は基本珍しい存在で、普通は何かしら欠けているものなのよ。

でもそれはお相手だってそうだから、上手く合致する相手を見つけるの。例えば美しく、家柄は良いけどお金が乏しいヴァレンヌ伯爵令嬢の場合は、若くないお爺さん、あるいは身分は低いけれど莫大なお金を持っている相手を探すことになるわ。

こういう風に自分に合った、より良い条件の相手探しが舞踏会やら園遊会やら、オペラやら散歩やらで行われているわけよ。

貴族だってただ遊んでるわけじゃないの。エブリデイ、エブリタイム婚活なの。

貴族の場合は結婚が就職みたいなところがあって、自分で自由に働いて人生の舵を取ることができない時代においては、結婚こそが仕事だったたってことね。

だから十八世紀の貴族達はみんな嫌がらずに進んで結婚して、結婚した後に好きな人を見つけて恋愛を楽しんだりしたわけ。

十九世紀になるとモラルが厳しくなって「温かい家庭」が持て囃《はや》されることになると、スキャンダルにならない程度の恋愛を結婚後に楽しんだようよ。

つまり、貴族に恋愛結婚なんてないわ。大変稀。

だから若い令嬢達を見ると、なんとなく世知辛さを感じちゃうの。嫌だ、私ったら年寄りみたいだわ。

「でも私、パッチワークをしてると心が落ち着くんですよ」

「そうなの？　どうして？」

「色とりどりの布が繋がっていき、一つの作品になるのがわかっているから安心するんです」

「きっとセラピーみたいなものなのね。確かにバラバラの端布《はぎれ》が集まって一つのものになっていくのは素敵なことよね」

「ええ、そうですわね」

ミス・ノリスがそう相槌を返したタイミングでお茶の支度ができたとメイドが知らせてきたので、コンサバトリーに移り、お茶を楽しむことにした。

「日差しが心地いいですわね。蘭の花の香りが漂って南国にいるような気持ちになりますわ。行ったことはないけれど」

「そうね。本当に良い香り、紅茶の香りとも重なって落ち着けるわ」

私はそう言うと、紅茶にクリームとたくさんの砂糖を入れてミス・ノリスに手渡した。

「私の好みを覚えていてくださってますのね」

「もちろんよ。私も牛乳よりクリームを入れる方が好きだから、気持ちがよくわかるわ」

ミス・ノリスは、また噴き出して笑いだした。

この人ときたら、いつも笑っていて幸せな人だわね。

「ごめんなさいね。コンパニオンという仕事は大変辛い仕事だと聞いて、震えながらこのお屋敷に来たのを思い出しましたの。ところが来てみたら、贅沢なお食事にたくさんの美しいドレス。途方もなく広い自室。両親が生きていた頃は到底望めないような暮らしですわ。それに何より、素晴らしいお嬢様に出会えたんですもの」

「あなたが幸福なら私も嬉しいわ」

そう口にした後で、ウィリアム・ダーシーに聞いた話が頭をよぎった。

「でも巷には苦しんでる人達もいるわけだから、どうしたら良いか考えなくてはいけないとも思うの。私は公爵家の令嬢だから、それなりの責任を果たさなくてはいけないわ」

「なんの話でしょう？　苦しんでる人達？」

「ええ」

「そんな人、この国にはいませんわ。みんなお嬢様が立ち上げた救貧院に行って快適に暮らしてますもの」

「でも私は裕福で目立つから恨んでる人がいても……」

聞いていた話とは違うので、内心で首を傾げる。

「ありえませんわ、お嬢様のことをみんな女神と言ってますもの。ある時なんて聖女を導く女神だなんて言われておりましたわ」

「やだ恥ずかしいわね、それ」

「民衆の中にお嬢様に感謝している人こそいても、恨む人がいるなんて考えられませんわ。国は今一番安定して平和ですもの。不満に思う人なんていているかしら？」

ミス・ノリスが言うことが本当なら、ダーシー様は何を根拠にして私に話したのかしら。

香りの良い紅茶を飲み干すと、茶葉が喉に引っかかるような感じがした。もう一杯注ぎ直す。

「まぁ、そういうことにしておくわ。さぁ、いただきましょう。今日はまた新しいものを用意させたのよ。聖女様に出す前に私達でまず楽しみましょうよ」

私はそう言うと、目の前の白いふわふわのものをすすめた。

「何かしらこれ？　ふわふわした雲みたいだわ」

「ブラマンジェよ。生クリームをゼラチンで固めたんだけど、ゼラチンを鶏から取るから風味が気になって。だから、少し面白くしてみたのよ。食べてみて」

ミス・ノリスは喜んでスプーンを口に運ぶと、すぐに驚いた表情を浮かべた。

「なんて面白いのかしら！　薔薇《ばら》の風味がするわ！」

「香りづけに、香料を取る時に出たローズウォーターを入れてみたのよ」

「ふわふわした食感と合わさると素晴らしいですわね。あら？　下にあるのはフランボワーズのソースかしら？」

「混ぜてみてくださいな」

わくわくした様子でソースを混ぜるミス・ノリスを愉快な気持ちで見守る。

「まぁ！　なんて美味しいのかしら。薔薇《ばら》からフランボワーズになって混ぜると別のもの、そう神の食べ物のように味が変わるなんて」

「良かったわ。晩餐のデザートに加えましょう」

この世界の人間にもウケが良いみたいで安心したわ。

「お茶会にもピッタリですわ」

「いいえ、お茶会には出さないわ。出すのは今日だけよ」

「まぁ、どうして？」

「ゼリーやババロアなんかは晩餐用のデザートと決まっているでしょう？　お茶会に出したりなんかしたら夕べの残り物だと噂されてしまうもの」

私はそういうとブラマンジェを食べ始めた。

「体調が悪い方へのお土産には良いかもしれないわね。食べやすいし、フルーツを増やしたら栄養もあるから」

それから私達はほとんど無言になった。なぜなら食べることに集中しだしたから。でもその静寂も七分しか持たなかったわ。

「お嬢様、大変です」

「エマ、早かったわね」

例の不審な女性についての報告かと身を乗り出すと、エマは首を振った。

「いえ、今回は別件です！」

エマの深刻な表情と息切れした話し方に、私は緊張が背中に走るのを感じた。

「何があったの？」

「聖女マリアンヌ様が街中で何者かに襲われました」

「なんですって！」

「幸いコルセットが傷ついただけで無傷で済みましたが……」

その言葉を聞いてほっと胸を撫で下ろす。

国中から愛されるような優しいマリアンヌが狙われるなんて、信じられない。やっぱりウィリアム・ダーシーの言う通り、思ったよりも治安が悪化しているのかもしれない。

「ただ、そばにいた身元不明の娘も狙われて、そちらの方は亡くなりました」

「なんてこと！　その人は何者なの？」

「今、警察が必死に調査していますが、おかしな点がいくつも出てきておりまして……」

「なんなの？」

エマは声を潜めた。

「昼間なのに舞踏会用のドレスをまとっていたんですよ。それも長手袋なしで」

「…………！」

私はすぐにミス・ノリスが遭遇した奇妙な娘を思い出した。エマにその話をするようにミス・ノリスに促すと、エマの表情も一層深刻になる。二人の人物は同一人物である可能性が高いと判断した私達は、勇敢なミス・ノリスに捜査協力をしてもらうことにして、私以外の二人で遺体の確認に行ってもらうことになった。

「お嬢様、充分に気をつけてください」

「家から出ないようにするから大丈夫よ。お父様とお母様と一緒に、できるだけプチサロンにいるようにするわ」

「そうなさってください。護衛として執事見習いもつけましょうか」

「未婚の女性に男性使用人をつけるなんてありえないわ。せいぜい部屋の前の警備をして貰うくらいにしてちょうだい」

私の言葉を聞いたエマは、すぐに采配をした。

「では、すぐに戻ります」

「ええ、お願いね。ミス・ノリスも気をつけてね」

「ありがとうございます。私は大丈夫ですわ！」

エマの神経質な表情とミス・ノリスのピクニックにでも出かけるような陽気な顔の対比は見ていて面白く、真剣な場面なのに笑ってしまいそうになる。

ミス・ノリスは正義感からというよりも、自分の人生に殺人事件というなかなか起こり得ないミステリーが起きた高揚感から捜査に協力しようとしているようにも見えた。

一人になった私は、落ち着いて考えを巡らせることにした。

亡くなった女性は奇妙な服装をしていた。

昼間から高価な流行の舞踏会用の肩の見えるドレスを着て、手袋も帽子もなし。

その娘さんが聖女マリアンヌの側にいた時に事件が起きた。

聖女マリアンヌの側にいる贅沢なドレスを着た女性。

散らばっていた布が縫い合わされて、パッチワークの敷布になるように考えがまとまっていく。

そうよ。記憶を取り戻す前の私に起きた馬車の事故。

あれも偶然なのかしら？

実は故意に起こされたものだとしたら？

あぁ！　なんで考えもしなかったのかしら。

最初から私、公爵令嬢であるエリザベートこそが、命を狙われていたんじゃないの！

もしダーシーの言う通り、貴族に対して恨みを募らせる団体があるとしたら、王子よりガードが緩く身分が高い婚約者の私に矛先が向いてもおかしくないわ！　目立つからじゃない、狙いやすいから。

だから事故に見せかけて馬車の事故を起こしたんじゃないのかしら。

そして死ななかった私に二度目の暗殺を企てた。

今度は失敗できないと、直接的で確実な方法で。

聖女を巻き込んでの事件はセンセーショナルだし、この事件を機に革命、内戦を引き起こすこともできる。

でも……

「やっぱりおかしいわ」

気の毒な娘さんは私と間違われて殺されたと考えるのが妥当だけど、そもそもなんでそんなおかしな格好で歩き回っていたのかしら？

パッチワークの布地が足りないようになんだかもどかしい。

そこがわかれば何が起きてるのかよくわかる気がするのだけど、そこがまるでわからないの。

何しろ情報が足りなすぎるわ。

マリアンヌは本当に大丈夫なのかしら？

私はそんなことを考えながら部屋の中をウロウロと、檻の中にいる熊さながらに歩き回っていた。

時間だけが過ぎて夕食の時間になったところで着替えて、食欲は湧かないものの両親と共にいた方が警備上安全だと思って食堂室に向かった。

豪華だけど薄ら寒い食堂室に着くと両親はすでにいて、私はお待たせしたことを優雅に詫びた。

人間というのはゲンキンなもので、あまりの事件に食べ物が喉を通らないと思っていたのに、第一のコースでケッパーを効かせた鹿肉のスープを堪能し、鶏肉のゼリー寄せを素早く食べ、鮭のアンチョビソースを楽しみながら取り分けた分を完食した。

第二のコースではさすがに遠慮して鴨ローストだけ。第三コースではあんずのグラタンに苺《いちご》のタルト、アーモンドケーキ、アスパラガスをつまむだけにしたわ。

ええ、食べすぎね。

食事は大変贅沢だったけれど会話は貧しく、お互いに不気味な事件に触れないようにしようとした挙句、頓珍漢な会話しかできなかった。

例えば父が天気の話を母にし出したら、「雲がなくなって雨が降らなければ晴れるんじゃないかしら」と、当たり前のことを母がぼんやりと言っていたり、かと思えば「鮭って死んでもソースの中で泳いでるのね」なんて言うものだから、シュールすぎて逆に笑いそうになってしまったわ。

食後にプチサロンに移動して紅茶とクッキーを食べていたら、ミス・ノリスとエマが帰宅したと告げられた。ミス・ノリスは興奮しているようだから自室で食事をとるということだった。

私はエマが帰ってきたと知って、すぐにでも色々聞きたいところではあったけど控えることにした。

捜査半ばで殺人に出くわしたわけだから、あまり収穫はなかったのではないかとも考えて、おとなしく両親にピアノを演奏して聴かせていた。

「初めて聴く曲だわ、素晴らしいわね」

「誰の曲だい？」

両親は感心しきった様子で呟く。

「モーツァ……私ですわ」

本当はモーツァルトだけど、この世界にはモーツァルトがいないんだもの。説明がめんどくさいから私が作ったことにするわ。ソーリー、アマデウス！

「あなたに音楽の才能もあるなんて、知らなかったわ」

「褒めすぎですわ、お母様」

「いや、本当だとも。私もそう思うよ」

「音楽や絵に詳しくて教養があっても、生きるのには役立たないわ」

つい本音が出てしまう。

エレガンスが武器になった十九世紀なら役立ったかもしれないけれど、現代社会では教養より資格や記憶力、数学、コミュニケーション能力の方が重要だった。

「そんなことないわ。確かに生活する上での財産にはならないかもしれないけど、もし教養がなければ人生は財産を持つよりも貧しく侘《わび》しいものになるわ」

「それは私達が裕福だから言えることですわ」

私がそう答えると母は少し寂しそうに微笑んだ。

「あなたにもいつか、わかる日がきますよ」

母の言葉を聞いた私は、ほろ苦いチョコレートを口に入れながらぼんやりと考えこんでいた。


夜の闇が深くなり、自室に戻るとエマが私を待っていた。

やはり、娘さんはミス・ノリスが見た人物と同じだった。

しかし、身につけているものに身元を示すものが何もなく、名前もわからないため、気の毒に、名無しで墓地に葬られることになった。

エマはこの事件についての調査を中断し、私の身辺警護を強化をしたいと主張したので私はそれに同意した。

実際、私のデビュタント準備は終わっていて、むしろ聖女マリアンヌのデビュタント準備に尽力していたので宮廷に赴《おもむ》かなくなるのもさほど問題ではなかった。

聖女のデビュタント準備は彼女が屋敷に来ることで解決し、マリアンヌの方も大量の警護と共に屋敷に通うことになった。

私は事実上、自主的に部屋に軟禁されることになり、あらゆる社交を断ち商業業務を集中して行う毎日になった。

そんな中でも私の頭に浮かぶのは、高価なドレスを着た、訛《なま》りのある殺された娘のことだった。

この明らかに奇妙な取り合わせには、きっと何か意味があるのだろう。

「お嬢様は滅多に表情が暗くなりませんけど、今日はかなり深刻な顔になってますわね」

ミス・ノリスはそう言いながらパッチワークを縫っている。

「よく私の顔と手元を交互に見ながら作業できるわね」

「習慣ですわ」

私は返事を返さずに窓の外を眺める。

薄曇りの今日は、世界が灰色で晴れることなどない。そう思わせるような感じがしている。

「あら、やだ間違えたわ。もう……」

ミス・ノリスは珍しくうめき声をあげて嘆いていた。

「間違えるなんて珍しいわね」

「本当に嫌だわ、色も柄も似てるし。近くにあったから間違えたのよ、いいえ違うわ！」

ミス・ノリスは二つの布を見せながら言う。

「この布、私にわざと間違えさせるために作ったみたいだわ」

「そんなことないわよ。ふふふ……何のためにそんなことするのよ」

「私を困らせるためじゃなくて、私がパッチワークをあなたにあげないようにさせるための陰謀よ！」

見知らぬ誰かに自分の失敗の責任をなすりつけたミス・ノリスはそう言いながら笑い出した。

「ふふふ……ん？　似てる……、陰謀……。そうだわ！　私ったら、思い違いをしていたんだわ」

私はある可能性に気づいた。

「お嬢様？」

「私が狙われてるんじゃないのよ。そう見せたかっただけ。あぁ……なんで気づかなかったのかしら」

ミス・ノリスとエマが見つめる中、私は厄介な謎が解けた高揚感に包まれていた。

「そうよ、事故はともかく今回の殺人は私が狙われているように思わせるためにでっちあげられたんじゃないかしら？　だからこそ身元がわからない田舎娘が高価な不釣り合いなドレスを着ていた。いいえ、着させられていたんだわ。でもなぜ、私が狙われていると思わせる必要があったのかしら？」

「手品じゃないかしら」

ミス・ノリスは静かに言った。

「手品ですか？」

エマは訝《いぶか》しげに繰り返す。

「手品ではタネを隠すために違うところに注目させるんです」

「つまり、私は何かから目を逸らさせるために使われたわけね。だとしたら、何から？」

その答えは三人でいくら悩んでも出てこなかった。

とりあえず翌日からエマは調査に戻ってもらうことにして、私は分厚いケーキのような雲を眺めながら冷め切った紅茶に口をつけた。人は思いもよらないことをしでかすものだけど、目的がはっきりしない殺人ほど訳がわからないものはない。

目的があり、そこから注意をそらすために私が狙われているように見せかけた。それも偽者まで用意して。

でも、手がこんでいるのになんだか細部が雑な仕上がりではないかしら？

「温かいお茶を頼みましょうか？　もう冷めきってしまったでしょう」

「ミス・ノリス、どうもありがとう」

「長いこと考えてらしたけど、どうですか？　何か思いつきました？」

「何一つとして思いつかないのよね。何しろ動機がわからないわ。人を殺してまで私に目を向けさせている理由よ」

ミス・ノリスは呼び鈴を鳴らして、お茶を持ってくるようにメイドに言いつけた。

「これがもしも推理小説なら、まず疑うのはあなたよね」

「私ですか？」

ミス・ノリスは間の抜けた顔で私を見返した。

「犯人はたいてい探偵役のそばにいる人、というのが定番なのよ。あなたは新しく私のそばに現れているし、事件の重要な鍵を握っているもの。でも犯人じゃないわ」

「なぜですか？」

問いかけつつも、ミス・ノリスは自身への疑いが晴れたことにほっとした様子だった。

「もし、あなたが犯人ならもっと上手くやるでしょう。例えば、田舎娘を私に仕立てて殺すんじゃなくてお客様がたくさん来るお茶会の日に、茶葉かお菓子に下剤を混ぜるか死なない程度に毒を少量仕込んでおくほうが簡単じゃない？　その日に休みを取って誰かと遠くに行けばアリバイができるし、あなたならそうするくらいの頭は持ってるはずよ」

「確かに身近にいるなら毒の方が簡単ですね、力もいりませんし」

「次に怪しいのはマリアンヌしら。無傷の被害者も小説では割と真犯人だわ。でももちろん、聖女様も犯人ではないわね。あの子にトリックを使うような複雑な事件は無理よ。あと怪しいのは私だけど、もちろん犯人じゃないわ。まったくよくわからない事件よ。それにしてもなぜ、人がたくさんいる街中で聖女様を狙ったのかしら……」

「そうですよね。普通なら逮捕される危険性がない方法を取ると思いますわ。人目につかない場所で」

「そうよね普通は……、待って」

そうよ、私なんて馬鹿だったのかしら！　名探偵には絶対なれないわ。

「あぁ、絶対に人目につかなきゃいけなかったのよ！」

「何ですって？」

「ミス・ノリス、修道院に聖女様を訪ねに行きましょう。きっと良い手がかりが掴めるかもしれないわ」

私達は馬車に乗り込み、修道院に向かった。

厳《いか》めしいゴシック様式と優美なルネサンス建築が入り混じったような意匠の修道院に着くと、私は聖女様のお見舞いと宮廷作法指導の今後について話したいと伝えた。

「マリアンヌ、元気にしてるかしら？　今日はあなたが好きな甘いお菓子を持ってきたわ」

想定通り、すぐに通してもらうことができたので、マリアンヌの部屋を訪ねる。

「エリザベート！　嬉しいわ！　あんなことがあったから軟禁されてるのよ、私」

「当たり前よ。あなたはこの国の重要人物ですもの」

マリアンヌはつまらなそうな顔をした。

「それにしても、とってもびっくりしたわ。奇妙な格好の人が横に来て、それからすぐに目の前で刺されたんですもの。犯人はその後、私のことも刺そうとしたけど変だったのよ」

「変って何が？」

「コルセットの骨を探してから、わざとそこを刺してたわ。私が怪我しないようにしていたの」

「犯人は男性？　女性？」

「多分女性だと思う。髪が長かったし、普通の町の女性に見えたわ。中年のね」

「他に何か変わったことはなかった？」

マリアンヌは少しだけ考え込んだ。

「そうね……。そうだわ、変な匂いがする人だったわ」

「変な匂い？」

「ええ。焦げ臭いというか苦いというか、香草やスパイス……あと、革なんかが混じったような匂いだったわ。ミサで薫《た》く没薬《もつやく》や乳香の匂いもしたの。よく嗅いでいるから、それだけは間違いないわ」

「確かに奇妙ね。その香り、また嗅いだらわかる？」

そう聞くと頷き返される。

「じゃあ行きましょう」

「どこに？　エリザベート、忘れてるようだけど私、許可がないと出かけられないわ」

「マリアンヌ、実家から修道院に入る時に着てきた服はあるかしら？」

「あるけど……」

「じゃあすぐに着替えてちょうだい」

そう言うなり、ミス・ノリスに手伝ってもらってマリアンヌを着替えさせる。数分もしないうちに私達は修道院を出ていた。

「こんな簡単に出られるなんて」

「マリアンヌ、注意深く見てごらんなさい。修道院の方はみんな退屈してるから、誰が入って誰が出て行くかなんてよく見てないのよ」

入る時に受付をした修道女があくびをしているのを見て、マリアンヌは納得した様子だった。

「これからどこに行くの？」

「情報通のミス・ノリスに聞かないとわからないわ」

「え？　私ですか⁉」

ミス・ノリスは不意打ちを食らった鳩みたいな顔で私を見つめてきたので、私は噴き出しながら言った。

「ええ、人気の占い師を回りましょう」

「それならわかりますけど……」

馬車を走らせた私達は、裕福な中流階級の暮らす区画にある新式の立派なタウンハウスについた。

「随分流行ってるのかしら？　立派な家ね」

「ここの占い師の方は元宝石商の妻で、夫の仕事の間の暇つぶしにしていた占いが当たると評判になって、大人気になったんです」

「さっそくお邪魔しましょう」

玄関で面会を依頼すると、すぐに客間に通された。

「ようこそ、お嬢様方……私はカトリーヌ・モンヴォワザンです、何を致しましょう」

不気味な笑みが黒いヴェールから透けて見える。

思ったより温かみがあり、優しそうな声。

「実は恋をしているのですが、それが上手くいかないのです。あなたなら素晴らしい方法をご存知と噂で聞きましたの」

「まぁまぁ、そうなのですね。ならば来ていただいて幸いでしたわ。きっとお力になれます」

そう言うとモンヴォワザンは棚から薬瓶を取り出した。その様子を眺めながら質問をしてみる。

「ここはあらゆる問題を解決してくれますの？」

「ええ、あとは賭け事もね」

「賭け事？」

モンヴォワザンは楽しげな微笑みを浮かべた。

こうしてみると年は三十代だろうか、声や話し方に陽気さが滲み出ていて魅力的な人物に思える。

「例えばですけど、あなたに裕福な叔父様がいるとしましょう。私と賭けをして来週の水曜日まで叔父様が生きてることにあなたは賭けて、私は亡くなることに賭けるわけです」

「賭けに負けたら？」

「もちろん賭け金をお支払いいただきますわ」

「そういうことなのね」

なんだか英国ミステリーで読んだような気がする話になってきたわね。

「そのほかにも様々な薬を作ったりもしてますわ。さて、これがお嬢様の願いを叶えてくれる薬になります。人間の生命の神秘というべき特別な材料で作っていますのよ。なかなか手に入らないけれど我々にとっていつも身近なもの。最近は特に入手が難しいのです」

言いながら、私達の前に瓶を差し出した。

今度はゴシック小説やオカルト文学みたいな流れになったわ。

「作りたてですから効果も保証しますわ、相手の飲み物に一滴垂らすだけ」

モンヴォワザンは魔女のような笑みを浮かべて見つめてくる。

「一滴ですわね？　おいくら？」

「金貨五枚です」

金貨一枚でルビーの指輪が買えるんだからいい値段じゃないかしら、価値換算したら日本円で大体五百万くらいかしら。

「払うわ。これで良いかしら？」

私はレティキュールから金貨をささっと出すとモンヴォワザンは人の良さそうな顔をしながら微笑んで言った。

「ありがとうございます。また何かありましたら、ぜひご贔屓《ひいき》に」

「効果があればね」

私はそう言うと瓶を受け取り、屋敷から出た。馬車に乗ると、街を素早くギザギザに走るように命令した。

「尾行されている可能性があるわ」

私はそう言うと、ため息をついた。

「何がなんだかわからないわ」

ミス・ノリスは説明してほしそうにその美しい瞳を私に向けた。

「簡単なことよミス・ノリス。マリアンヌ、彼女だったでしょ？」

「ええ、間違いないわ。同じ匂いがした」

「なんとなく筋が見えてきたわね」

「エリザベート、どういうことか話して」

マリアンヌは焦ったそうに言って足をバタバタさせている。

「マリアンヌ、淑女らしく大人しくしたら話してあげるわ」

私はそう言うと、ミス・ノリスとマリアンヌにゆっくりと話し出した。

「本当にシンプルなことだったのよ。私達は難しく考えすぎてしまったの。犯人がそう願っていた通りにね」

馬車がガタンと揺れるが気にせずに続けた。

「犯人はとある理由から私が命を狙われていると見せかけたかったの。そうすることで捜査や警察の目がよそに向くから作業しやすくなったのでしょうね」

「一体どんな理由？　なんの作業？」

「墓の盗掘です」

「何ですって？　なんでそんなことを？　罰当たりだわ」

「これのためじゃないかしら？　例の『特別な』材料」

私は瓶を軽く指で叩いた。中世ヨーロッパの魔女裁判で聞くような材料。

二人は気づいたのか、はっとした顔で瓶を見て青ざめる。

「それは、つまり、掘り出した死体を……」

ミス・ノリスが悍《おぞ》ましいというように呟く。先に冷静さを取り戻したのはマリアンヌの方だった。

「けれど、田舎娘をそのまま殺しても良かったのでは？　ひっそりと」

「おそらく今まではそうしていたのでしょう。けれど難しくなったのよ。ダーシー様は治安が悪化していると話していた。つまり犯人の行いのせいで都の人の出入りには厳しい体制をこっそりとっていたはずよ」

治安悪化の原因は娘殺しや盗掘。犯人は自分で自分の首を絞めていったというわけ。

「これは勘だけど、行方不明の捜索願いも出されていて、警察の捜査がすでにされているんじゃないかしら？　そうなると田舎から連れてきた娘をたくさん殺すのは難しくなってきた。さらに警察がうろついている。この状況を変えるために犯人はあることを思いついたのよ」

私は二人を見つめて言った。

「まずは田舎娘を連れてきて、私が着ているのと似た高価なドレスを与えて暮らさせる。そのあと、聖女様に話しかけてみてごらんなさいとかなんとか言って、マリアンヌの側に行かせたの。そして刺し殺したわけよ。マリアンヌを刺したのはパフォーマンス。聖女と公爵令嬢を襲う反王室派暴漢の仕業と見せかけたかったのでしょうね。そうすれば街の警戒よりも王室の人間、それからあなたと私の警護に人員が取られると考えたはずよ。そして埋葬された後、夜中になったら遺体を掘り出して薬作り、あるいは魔術に使ったんじゃないかしら？」

私はそこまで言うと、窓を開けて馬車の後ろを見たが何もなかった。

「巻けたみたいだから修道院に戻りましょう」

「わたくしもお供します」

馬車の上から声がしたから見上げたら屋根の上に……

「エマ！」

「窓から失礼します」

エマは軽々と馬車の中に窓から入り、話し出した。

「失踪事件や盗掘事件が多発しており、調べたらすべてがモンヴォワザンに辿り着きました」

「やはりそうなのね」

馬車はそのまま修道院に向かい、出た時と同じようにマリアンヌの部屋に戻った。

そしてエドワード王子に来てもらうように伝令を走らせた。

その間も私は、マリアンヌやミス・ノリスとあれこれ話しながらも、腑に落ちない事柄について意見を交わしていた。

「占い師が犯人だとしても腑に落ちないわ、手が込みすぎてないかしら？」

「きっと特別な儀式に使う死体だったのよ」

「感心しないな、エリザベート」

扉を開けたエドワード王子は開口一番にそう言い放った。

「感心されるために生きてないもの」

「そうじゃない。聖女や善良なご婦人を血なまぐさい話に巻き込むのは良くない」

「仕方ないわ。私達はもう巻き込まれてるもの」

エドワード王子は諦めたように首を振った。

「で、なぜ呼ばれたのかな？」

「白々しいわね、わかってるでしょ？　事件のことだって、そして私達が何を考えているかも。だって私が屋敷を出た時からずっと警察が尾行してたもの」

「やっぱりバレていたか」

「だから安心して占い師のところに行ったのよ。彼女、逮捕した？」

「君達があそこを離れた後、すぐにね。君がどこまで推理しているかはわからないが、可哀想な例の女性の棺は空っぽだったよ。儀式に使われたようだ」

「なんてこと！」

ミス・ノリスは憤慨して声を上げた。

「この薬、証拠になるかしら？　あなたにあげるわ」

「ありがたく受け取っておくよ」

「で、占い師の逮捕だけで終わるのかしら？」

「いや、一番の問題が残ってるよ」

王子様はハンサムな顔を歪めて私を見た。

「何？」

「占い師にこの薬を依頼をした人物だ」

「あぁ、間接的にだけど殺人に関わってくるわね」

儀式の死体を集めるのを占い師一人がこなせたとは思わない。そして、パトロンのような存在もいたはずだ
「ここでみんな整理しましょう。あの占い師は恋の媚薬やら魔法の薬を作っている。効果はわからないけど材料に死体を使ってるわけね。でもそれは手品師みたいな見せかけだと私は思うわ。つまり、魔女らしくみえるような大がかりなお芝居ね。賭け事の話をしていたわね。あれは簡単に言うと委託殺人ということでしょう。盗掘された死体の死因を調べてみる必要があるでしょうね。私のカンだと病死じゃないかしら？　実際は病死に見せかけた毒殺。調べられないように盗掘したのでしょう、ばれても魔女の仕業だと言えますもの。こういう犯罪は一人では無理ですから、組織的な犯行で、パトロン、つまり真の犯人もいるでしょうね」

私の推理を聞いていた王子は難しい顔をして話し出した。

「儀式の依頼理由によっては、もっと重い罪を犯すことになるだろう」

「なるだろう？」

「王室への反逆罪だ」

「儀式が開かれた理由について、何かわかっているのね？」

そう聞くと、王子様は目を逸らした。

「あぁ、だから警察に任せて、君達はデビュタントに向けて大人しく過ごしていてくれ」

「わかったわ」

「本当だな？」

「もちろんよ、私は探偵には向かないわ」

私はそう言って微笑んだ。

「殿下、明後日に開催するマリアンヌとのお茶会に来てくださるわよね？」

「は？」

「マリアンヌの行儀作法訓練の仕上げですわ、ごく身内だけで行いますから来てくださいね」

「いつ決めたんだ」

「今よ」

「どういうつもりだ」

「マリアンヌの成長を見ていただくつもりよ」

王子はそれを聞いても信用してないぞという顔つきで私をしばらく見ていたけど、諦めて私とミス・ノリスを送ると言い、私達はそれに従った。

私は帰ってからすぐに招待状を書いて届けさせた。私とマリアンヌが同席するお茶会ですもの。もちろん全員出席の返事がきたわ。

だから私がすべきことは舞台を整えるだけ。

そして謎はとけた

そしてお茶会当日、私はみなさんをドローイングルームにお迎えしてマリアンヌにはお手伝いをお願いした。

「お招きありがとうございます」

そう微笑んでいるのはモンテスパン侯爵令嬢。その背後には以前、私のお茶会を楽しんだ令嬢四人組が控えている。

「素晴らしいお茶ですわね、美味しいわ」

ヴァレンヌ伯爵令嬢はそう言いながら大量に飲み食いしている。今日は下着を縫ったりはしていないわね。

「わたくしまでご招待いただきありがとうございます。こちら、うちの領地の新しい特産品のスパークリングワインです」

素晴らしいハミルトン卿の特産品をパクリ手土産として持ってきつつ、態度は控えめなのはシャニュイ子爵令嬢。

「スミレの花がこんなにたくさんあるなんて贅沢ですわね」

最後の一人、パイヴァ男爵令嬢はスミレをくすねて髪に挿してるわ。

おなじみ殿下以外のイケメン五人衆、ダーシー様、ハミルトン様、ルバート様も来ている。ターナー様はお茶会の様子を絵にしようとスケッチしているみたい。

全員揃ったみたいね。

「みんな来ているんだな」

「あら殿下、いらしてくださって嬉しいわ」

「エリザベート、あなたが招待してくださったから来ただけだ」

エドワード王子はむっつりとした表情を浮かべた。

「そうなの？　私が招待しなくても来たんじゃないかしら？」

「……どこまでわかってるんだ？」

「ただの推理だけど、ほとんどね。こうしてみんなが集まって観察していると良くわかるわね。視線や振る舞いでなんとなく出ているような気がするわ」

王子様は観念した様子で大仰に言った。

「それでは、君の推理をお聞かせいただきましょう」

「その前にお茶を飲んで。マリアンヌがもう用意してくれたわ」

私はマリアンヌが用意してくれたお茶を差し出して王子様に勧めた。王子様は受け取ると椅子に座り、紅茶を飲んだ。

他の招待客に聞こえていないことを確認して、私は推理ショーを始めることにした。

「ことの始まりは聖女様の登場と私達の婚約破棄だったのでしょうね。その両方が、おそらく犯人にとっては最悪なタイミングだったの。そこで犯人は占い師に強力な儀式を依頼したのね。そして気の毒な娘さんは占い師の手で殺されたの」

「占い師は既に自供している。とりあえず、いままでの推理は当たっているな。続けて」

「私が婚約を破棄したとなると、他の貴族の娘達にもチャンスが巡ってくるはずだったの。けれど、聖女登場によりそれも大きく変わってしまった。何としてでも王子様と結婚したかった犯人はどうにかして自分を見てもらおうとしたのね」

　諦めていたはずのものが、目の前に現れると人はすがりついてしまうもの。

「普通なら聖女を殺すとか、しっかりアプローチするって考えになるはずだけど、彼女は愚かにも自分の恋が叶うよう、不確かで楽なものに頼ったわけね。そうして占い師に薬をもらい、儀式を依頼したのでしょう」

　生贄にした娘の血からできた惚れ薬をね。

「犯人は変なとこに気がまわっていたようだわ。例えばダーシーさんに治安が悪くなっているという嘘の情報を吹き込んだりしたのも犯人ね。これは薬が効かなかった最悪の場合、反王室派の暴漢に見せかけて邪魔な聖女を殺すつもりだったから」

「それで？」

　私の推理を聞く間も、王子様は冷静だった。

「私は今、犯人があなたのお茶に薬を入れるタイミングを見計らっているわけ」

「なるほど」

王子様がカップをソーサーに置く。

「今の私の話には証拠がないわ。でも王子様のお茶に異物混入をすることは犯罪でしょ？　目の前でやったらなら逃げようがない。現行犯なら逮捕もできるでしょう」

そうしたら事情聴取で他の罪状を聞き出すだけ。

「良い場を与えてくれてありがとう、エリザベート嬢」

「だからここで油を売らないで、ふらふらして囮になってきてね」

「はいはい……いや、向こうから来たみたいだよ」

エドワード王子の視線の方向に目をやると、ヴァレンヌ伯爵令嬢がパイヴァ男爵令嬢を伴ってやってくるのが見える。

「おふたりとも、お茶のおかわりはいかがかしら？　殿下ったらお二人がいらっしゃるのをいち早く見つけて、私に知らせてくださいましたのよ。可愛らしくて魅力的だから当たり前ね」

「まぁ、いやですわ！　私など、ロートリング公爵令嬢という光の前には闇でしかありませんもの」

ヴァレンヌ伯爵令嬢が顔を真っ赤にして否定する。

「そんなことありませんわ。本当の闇は無言で近づいて、毒をもたらすのですから、ね？」

私は背後にいる人物に声をかけた。

「モンテスパン侯爵令嬢、そう思いません？」

青い顔をしたモンテスパン侯爵令嬢に微笑みかけ、その手首を掴む。

「お持ちの瓶は何かしら？」

私がそう言うと、王子様は素早くそれを奪い取った。

「これはなんですか？　モンテスパン侯爵令嬢」

「あ……、わ、わたしはただ……」

「恋の媚薬を紅茶に入れようとしただけ。でしょ？」

言い当てられて、モンテスパン侯爵令嬢はこぼれおちんばかりに目を見開く。

「でも残念なことに、あなたもご存知ないことがあるの。第一に、その媚薬は若い娘の血で出来ているけれど、不衛生なだけでなんの効果もないの。惚れ薬にとって重要な成分は甲虫」

ポンパドゥール夫人も飲んでいた媚薬よ、カンタリスって呼んでるのかしら？

「だから、それを粉にしたものが入ってると思うわ。その甲虫には確かに尿道の血管を拡張させて充血させる効果があるから性的興奮と似た症状よね。それだけなら飲んでも問題ないけど、一番問題なのは」

私はテーブルに集まった四人を見回した。

「その瓶には窒死量の毒が仕込まれてるかもしれないということね」

「え⁉」

モンテスパン侯爵令嬢は途端に震えだし、怯《おび》えた顔をして首を振った。

「知らないわ！　そんなの！　恋の媚薬だっていわれて……それで！」

「あなたは知らなかっただろうし、殿下を暗殺しようとする理由もないから安心なさい」

「では誰が？」

ヴァレンヌ伯爵令嬢は辺りを見ながら声を潜めて言う。

「モンテスパン侯爵ですわね。ダーシー卿！　治安悪化の話はモンテスパン侯爵からお聞きになったのでしょ？」

少し離れた場所にいる彼に呼びかけると、不思議そうに近づいてきた。

「はい、でもなぜご存知なのですか？」

「もしエドワード王子が亡くなれば、次男のチャールズ王子に王位継承権が移るもの。チャールズ王子の後継人で、彼を後押ししているのはモンテスパン侯爵家ですわ。それにしても侯爵は上手くダーシー卿を使いましたわね。あなたなら仕入れた情報をみんなに、大袈裟に話すだろうとわかっていたんですから」

「なるほど……って、後半は俺の悪口じゃありません？」

「気にしないでダーシー卿、さて続けると、モンテスパン侯爵は占い師を隠れ蓑に委託殺人業もやってたわけね。その高額な資金が反王室活動に使われていた。もしばれても占い師を魔女呼ばわりしてすべての罪をなすりつけるつもりだったのでしょうね」

私はそういうと絶望しているモンテスパン侯爵令嬢を見つめた。

「モンテスパン侯爵家には既に警察を向かわせている」

王子はモンテスパン侯爵令嬢に告げたが、私は彼女の顔を見て思った。やばいことになった、と。

「あなたが私を愛してくれていたら！　こんなことにはならなかったのに！」

焦点が定まらない目をしたモンテスパン侯爵令嬢は、ドレスのレティキュールから光るものを取り出した。

「ナイフ？　ケーキでも切るつもりなのかしら？」

シャニュイ子爵令嬢がボソッと言うのが聞こえたが、絶対にそうじゃない。

「私の愛に応えないあんたなんか死ねばいいのよ！」

モンテスパン侯爵令嬢は王子めがけて突き進む。私は立ち上がってナイフの前に立ち塞がった。

なんでそんなことしたのか自分でもわからなかった。

「エリザベート！」

私は微笑んで王子様に言った。

「あんた、もう少し利口にならないとみんなが困るわよ」

私はそのまま王子とモンテスパン侯爵令嬢に挟まれ床に倒れた。

「い……いやあああああああ！」

マリアンヌの声に、令嬢達の悲鳴が重なっていく。

立ち尽くすモンテスパン侯爵令嬢は、すぐにかけつけた警察に引きずられるようにして消えていった。マリアンヌは走って、転んで、また立ち上がり、私のもとにきた。

「エリザベート！」

「マリアンヌ……」

「無理して喋らなくていい！　早く医者を呼ぶんだ！　僕のエリザベート！」

エドワード王子は苦しいくらいに私を抱きしめた。

「あなたのじゃないわ……」

「なんで……なんで僕を庇ったりしたんだ！」

「あなたはこの国の大切な王子様よ？　私は……、私なんかいなくても、みんなちゃんと幸せに……」

「馬鹿なこと言うな！」

エドワード王子は泣いているか怒っているのかわからない様子で怒鳴り上げた。

「みんな、ここにいるみんなが君を大切に思い、愛しているんだ！　それは君が美人だからでも、頭がいいからでも、公爵令嬢だからでもない。君の優しさや個性が大好きだからなんだ！　僕は君が例えば野の花でも、小鳥でも、ミミズでも髭《ひげ》面の小太りな兵士でも愛していたと思うよ。そんなことにも気づいていない君こそ不作法な大馬鹿ものだ！　だから……」

王子の瞳から涙が私の瞼《まぶた》にぽつりと落ちてきた。

「だから死なないでくれ、愛している！」

「少しよろしいですか」

「ちょっと、おどきになって」

エマがミス・ノリスと共にロマンチックな雰囲気をぶち壊すように現れた。それから泣き叫ぶ聖女と令嬢達を退かして、王子から奪うように私を抱き起こすと刃物が刺さった位置を確認する。

「やはりお嬢様ですね」

エマは破れたドレスの上着をさらに引き裂いたあと、そう感想を述べた。

「あら、死んだんじゃないかって、心配してくださらないの？」

「私が昨日、夜なべしてコルセットに細い鉄鎖《てっさ》を隙間なく縫い付けたんですから、心配なんてしてませんよ。ナイフなんて刺さるはずがありませんもの」

にこやかに談笑を始めた私達を見て、王子は唖然とした様子でコルセットを指差した。

「戦闘用の鎖帷子《くさりかたびら》をコルセットに着けていたのか……」

「ええ、何が起こるかわかりませんでしたから念には念をいれてね。こういう準備が大事なのよ、可愛い私の坊や」

私が悪戯っぽく笑って言うと、王子様は気が抜けたような顔でみつめかえした。

――こうして奇妙な事件は解決して、世間からは王子を救った麗《うるわ》しい乙女というありがたくもない称号をいただき、ますます再婚約を望む声が目立つようになってしまった。

終わり良ければすべてよし

私と聖女のデビュタントの準備は完璧に済み、あとは当日を迎えるだけとなっていった。

「とうとうこの日がやってきましたね」

付き添い人《シャペロン》であるチェスター男爵夫人は私の宮廷礼服姿を見て微笑んでいる。

私が身につける白く華やかな絹のドレスにはダイヤモンドと真珠を縫い付けてあり、蜘蛛の糸より細いんじゃないかという糸で作られたレースがふんだんにあしらわれている。

トレーン、スカートの裾部分、裳裾とも言われる床に引きずる部分は七・五メートルとかなり長くしたわ。

髪はアップに結われ、二本の白いダチョウの羽がつけられている。

なんだかマヌケにも見えるけど、みんな口々に素晴らしいというから余計なこと言わないで黙ってることにしたわ。

そして手袋をはめて扇を持ち、すっかり準備は整った。

「まぁ……なんて綺麗なんでしょう」

優雅なため息をもらしたのは母親である公爵夫人。

「こんなに優しく、知的で優雅に育ってくれて嬉しいわ」

「やだ、褒めたって何も出ないわよ。お母様も綺麗だわ、母親譲りなのね」

実際、中の人は別人で血縁も何もないですけどね。すいません。

私はそう思いながら鏡を見つめた。

色々なことがあったけど、案外自分の外見や環境が変わっても性格は良くも悪くも変わらないものなのね。

「さぁ、行きましょう」

そう言って意気揚々と馬車に乗り込んだけれど、長い長いトレーンを馬車に入れ込むまで十分はかかった。

王宮までの道のりには薔薇《ばら》の花びらが散らされて、馬車が通るたびに更に花びらが歓声と共に降り注ぐ。

掃除どうするのかしら？　かなり大変だと思うけど。

私はそんなことを考えながら人々にプリンセスのごとく笑顔を浮かべ、手を振った。

王宮に着くと先にマリアンヌが到着していて、私はマリアンヌの入場を待ってから優雅に降りた。

普通ならたくさんいる令嬢達と階段を登り、謁見の間の前部屋で身支度のチェックをしたりするんだけど、私の場合は身分が高いからアントレーという優先的な謁見が可能。ただ、正式なデビュタントの日に寝込んでいた私は、今回はマリアンヌと二人きりのデビュタント。特別な、異例の対応というわけ。

聖女マリアンヌがデビュタントをしている間、色々なことを考えていた。

それは私がここにやってきた意味について。

前世の私は生きてきて、何にも幸せには思えなかった。

イケメンゴリマッチョと付き合っても、美味しいものを食べても、買い物をしても孤独でしかなかった。

でも、この世界に来て、色々な人に会って、私が持っていた「無駄な教養」が役に立った。

人々が笑顔になること、そして私自身が幸せに気づけたこと。

それは、他人に幸せマウントを取って「幸せだね」って言われたり、思われることじゃなくて、自分自身が温かい気持ちになること、毎日笑ったり、驚いたり、自分の力を発揮できることなんじゃないかしら。

だから今の私には、幸せがなんなのか少しはわかるような気がしているの。

「さぁ、もうそろそろお時間ですよ」

チェスター男爵夫人が告げる。

私は微笑みで応えてブーケを片手に持ち、赤いカーペットの上を歩きだす。

謁見の間に続く絵画の長広間を歩みながら、右手袋を外した。

入口に控えていた係官二名が杖を使って裳裾を広げてくれれば、いよいよ謁見だ。

その時の様子についてはチェスター男爵夫人が記者に自慢げに話した記事が詳しいから載せておくわね。

『まるで神が特別に誂えたような青い空と太陽の下で行われた、神聖なる聖女と、美神と称えられる公爵令嬢のデビュタントは歴史に残すべき出来事でしょう。

清楚な百合を思わせる聖女は完璧な振る舞いで王妃に謁見し、見事でした。そしてロートリング公爵令嬢は満開の薔薇《ばら》のような気品と威厳で王妃様をも圧倒していました。

王妃様は深々と見事なお辞儀をした公爵令嬢の額にキスしました。公爵令嬢は差し伸べられた王妃様の手をあらかじめ手袋をはずしていた右手で支えてうやうやしくキスをしました。

そしてその場にいた王室の人々にお辞儀をして、見事な後ろ歩きを披露されました。その完璧な気品。ドレスにつけられたダイヤモンドや真珠の輝きすら公爵令嬢の優雅さの前ではありふれたものになってしまうでしょう』

かなり気取って書かれているけれど、つまりは両陛下に深くお辞儀をした後、王妃様に近づいて差し出された手に手をのせて、またお辞儀をしてお声がけしたってこと。とはいえ、

「美しいを超えて神々しいわね……」

と、王妃様から私へのお褒めの言葉を賜りましたけれどね。国王陛下はぼんやり見てるだけ。

そして優雅に裾を踏まないように後退りながら退場。これだけのシンプルな行事だったわ。

でも、これで正式に社交界の一員になれたわけね。私にとっては別に何も変わらないけど。

儀式の後はバルコニーで国民に向けて行われた聖女のお披露目式を見て、王宮の一室でトレーン・ティー。これは謁見の日を祝う王室主催のお茶会で、軽食をいただくのよ。

休憩じゃないから気は抜けないの。

普通のデビュタントなら大量の令嬢が押しかけて謁見待ち渋滞が起きるから宮廷でも軽食がごく簡単なビュッフェ形式で出るんだけど、私達のデビュタントは時期外れに特例で実施されたし、マリアンヌの聖女という身分から宮廷側としても儀式を増やさずにいられなくなったのでしょうね。私はただのオマケ。

席は国王陛下の隣、その上反対隣は五十代のオルトラン公爵で会話が弾みそうにないから頑張らないといけないわね。

軽食といえど立派なもので、アスパラガスのオランディーヌソース、プラムプディング、ヤマギシのパイ、シタビラメのラビゴットソース、苺《いちご》のメレンゲ、ガトー仕立てのりんご、リゾレのフランボワーズソース、マカロン、クグロフという素敵なもの。

「このような美人のお隣で申し訳ないですな」

「まぁ、わたくしこそ素晴らしい知性の持ち主と称えられる方のお隣で己の無知さを恥ずかしく思いますわ」

「そのように言っていただけただけで、来た甲斐がありましたよ」

「ありがとうございます」

オルトラン公爵とはそんな感じで差し障りない会話を楽しんだ。

「美しいエリザベート嬢よ」

「はい、陛下」

急に国王陛下から声をかけられた。

モンテスパン侯爵令嬢の処罰について決めさせてくれるのかしら？

私、このメンツだときっと悪役だっただろうに。以前はただのわがまま娘だったなら、ここぞとばかりに恐ろしい悪役令嬢っぽいこと言ってみようかしら血を搾《しぼ》り取ってその血に浸かりたいとか……やだわ気持ち悪いわね。

「エドワードとのことだが、考え直してはもらえないか」

あっ、まったく予想してなかったやつだわ。もちろん考え直しません。

「婚約ということでしたら遠慮させていただきとうございます。名誉なことこの上ありませんが、事故後、体調が思わしくないわたくしには務まりませんし、よく思われない方もおりましょう」

「国民全員が、そなたが王室に入ることを願っていると思うのだが」

「お言葉、身に余る光栄にございます。しかしながらわたくしは今はどなたとも結婚をするつもりはございませんし、父や母も同じ意見でしょう。それに……」

私は悪戯をする子供みたいな気持ちで言った。

「聖女マリアンヌ様の方がエドワード殿下にはふさわしいかと」

「ちょっと聞こえたわ！　エリザベート、なんてことを！」

「マリアンヌ、お行儀はどうしたのです、優雅に淑女らしく」

私は貴婦人らしく薔薇《ばら》のような微笑みを浮かべて諭してみた。

「私は国と結婚するのであって人間と結婚するつもりはないわ」

「聖女らしい返しだけど、そういう人って私の経験上、絶対遅かれ早かれ恋して結婚するわよ」

「エリザベートったら意地悪ね」

マリアンヌはまだまだお子様ね。これくらい簡単にかわせないとだめなのに。鍛え直さなきゃ。

ふと視線を感じて振り返ると麗《うるわ》しいプリンスが私を熱っぽく見つめている。

「エリザベート、俺と再婚約してくれないか！」

私達の会話を聞いていたエドワード王子が急に席を立ち、そのままプロポーズめいたことを言ってきた。

隣にいた王妃様の顔ときたら、絞められている家鴨みたいで気の毒だったわ。

唐突にそんなこと言うなんてやっぱりこの人心配だわ、王様に向いてないいんじゃないかしら。王位継承権、誰か立派な人に譲るべきよね。

「殿下、聞かなかったことにしてあげますわ。立ったままいきなりプロポーズだなんて酷いジョークだもの。人を笑わせる前に礼儀作法を一から学ぶことが先決でしょう」

「………」

王子撃沈。

「冗談でもよいというなら私も名乗り出たい。あなたに心を救われた時からお慕いしていました。どうか妻になっていただけませんか？」

ルバートは私のそばに来ると、跪《ひざまず》いて言った。

「なら、私も……命を助けていただいた御恩を一生そばで返させていただけませんか？　愛しています。どうか私のそばで、いつまでも輝くスパークリングワインのように楽しく、生きて行きましょう。素晴らしい美食を生み出したあなたを愛さずにいられない！」

ハミルトン卿まで跪《ひざまず》き始めて、悪ふざけの延長のようにプロポーズし始めたけど、彼のおかげで笑いに持っていく雰囲気になり、空気感が温かくなった。

「だめよハミルトン様、酔っ払いになっちゃうわ」

私は笑いながら答えた。

「私こそがもっともこの麗《うるわ》しい美神を崇《あが》め愛している！　その美しい髪は太陽と黄金さえ恥じらう……」

「ダーシー様、やめてくださる？　最後まで聞いてたら来年になってしまうわ。いずれにしても全てお断りしますわ。第一に、プロポーズはもっとロマンチックにやるべきものよ。あなた方ときたらフルーツを食べたついでにプディングを食べようとする感覚なんですもの。でも皆様のお気持ちには感謝致しますわ」

どうにか上手くまとめて、みんなが笑ったところでホッとしてプラムプディングを一口で食べた。

なかなか美味しいわね。

「エリザベート嬢、質問がございます」

「なんでしょうオルトラン公爵」

「エリザベート嬢が結婚相手に求めるものはなんですか」

「そうね……」

みんな興味があるのか全員私を見つめている。

「ハンサムで、身分の釣り合いが取れて、財産があるという最低条件の上で、筋肉ムキムキで男らしい人で……」

あら、みんな筋肉ムキムキで噴き出すのやめてもらっていいかしら？

「私の望むものを持ってきて与えてくれる人だわ」

「望むものはなんですか？」

「それは……」

私は考えた。

「この世で一番醜くて美しくて、軽く扱われもすれば重く扱われることもあるもので、形容詞によって様々に変わり、昔から未来まできっとずっと尊ばれて、もっとも価値が高く、もっとも価値が低く、甘くて苦い、扱いが難しいけど誰もが扱えて、貧しいものでも裕福なものでも与えることや与えられることができる、そんなものよ」

みんな黙って答えを考えているみたい。

「なんだろう金かな」

エドワード王子がつぶやくとマリアンヌが、

「殿下、ちがいますわ。きっと気高さではないかしら」

そう、ほほ笑んで返したけれど、はずれよ。

みんな悩んでいるけど答えはなかなか出ないみたいだ。

軽食の時間はそこで終わり、夜には舞踏会があるからそろそろ着替えなくてはいけないわ。

海外の要人もくるから素晴らしいゴリマッチョに出会えるかもしれないもの！
そして私も私なりの「愛」を見つけることがきっとできるはずよ。
そう、私にだって愛がなんなのかよくわかるようになったんですもの。

新 ＊ 感 ＊ 覚　ファンタジー！

Regina レジーナブックス

神様に愛された薬師令嬢の
痛快逆転サクセスストーリー!!

地味薬師令嬢は もう契約更新 いたしません。

～ざまぁ？　没落？
私には関係ないことです～

鏑木《かぶらぎ》うりこ
イラスト：祀花よう子

家族に蔑まれ王太子に婚約破棄され、国外追放となったマーガレッタ。今までのひどい扱いに我慢の限界を超えたマーガレッタは、家族と王太子を見限り、10年前に結んだ『ある契約』を結び直さずに国を出ていった。契約がなくなったことでとんでもない能力を取り戻したマーガレッタは、隣国で薬師として自由に暮らしていたが、そんな彼女のもとに自分を追放したはずの家族や王太子がやってきて——!?

詳しくは公式サイトにてご確認ください。

https://www.regina-books.com/

携帯サイトはこちらから！

新＊感＊覚　ファンタジー！

レジーナブックス Regina

レジーナブックス Regina

ご令嬢、当て馬役を極めます!?

男爵令嬢は王太子様と結ばれたい（演技）

藤浪保《ふじなみたもつ》
イラスト：天城望

兄が莫大な借金をしたせいで、貴族の好色ジジイに嫁がなければならなくなった男爵令嬢のソフィア。ところが彼女のもとに、王太子の『友人』になれば借金を肩代わりしてくれるという提案が飛び込んでくる。しかし世の中そう甘くはなく、その『友人』とは、王太子の不仲な婚約者に嫉妬させるための当て馬のことであり、ソフィアは王太子の計画書の通りに夢見がちなおバカ令嬢を演じるはめになって……

詳しくは公式サイトにてご確認ください。

https://www.regina-books.com/

携帯サイトはこちらから！

新＊感＊覚　ファンタジー！

レジーナブックス Regina

不遇な姉、異世界で人生大逆転!?

聖女の姉ですが、宰相閣下は無能な妹より私がお好きなようですよ？ 1～2

渡邊《わたなべ》香梨《かりん》

イラスト：甘塩コメコ

わがままで何もできない妹のマナから逃げ出したはずが何者かによって異世界に召喚されてしまったレイナ。話を聞くと、なんと当の妹が「聖女」として異世界に呼ばれ、その世話係としてレイナが呼ばれたそうだ。ようやく抜け出せたのに、再び妹のお守りなんて冗談じゃない！　そう激怒した彼女は、とある反乱計画を考案する。するとひょんなことからその計画に宰相のエドヴァルドが加わって——？

詳しくは公式サイトにてご確認ください。

https://www.regina-books.com/

携帯サイトはこちらから！

この作品に対する皆様のご意見・ご感想をお待ちしております。
おハガキ・お手紙は以下の宛先にお送りください。

【宛先】
〒150-6008 東京都渋谷区恵比寿 4-20-3 恵比寿ｶﾞｰﾃﾞﾝﾌﾟﾚｲｽﾀﾜｰ 8F
（株）アルファポリス　書籍感想係

メールフォームでのご意見・ご感想は右のＱＲコードから、
あるいは以下のワードで検索をかけてください。

アルファポリス　書籍の感想　検索

ご感想はこちらから

本書は、「アルファポリス」（https://www.alphapolis.co.jp/）に掲載されていたものを、改稿、加筆のうえ、書籍化したものです。

悪役令嬢《あくやくれいじょう》にオネエが転生《てんせい》したけど何《なに》も問題《もんだい》がない件《けん》

カトリーヌ・ドゥ・ウェルウッド

2023年 6月 5日初版発行

編集－飯野ひなた
編集長－倉持真理
発行者－梶本雄介
発行所－株式会社アルファポリス
〒150-6008 東京都渋谷区恵比寿4-20-3 恵比寿ｶﾞｰﾃﾞﾝﾌﾟﾚｲｽﾀﾜｰ8F
TEL 03-6277-1601（営業） 03-6277-1602（編集）
URL https://www.alphapolis.co.jp/
発売元－株式会社星雲社（共同出版社・流通責任出版社）
〒112-0005 東京都文京区水道1-3-30
TEL 03-3868-3275
装丁・本文イラスト－凩はとば
装丁デザイン－百足屋ユウコ＋タドコロユイ（ムシカゴグラフィクス）
（レーベルフォーマットデザイン―ansyyqdesign）
印刷－中央精版印刷株式会社

価格はカバーに表示されてあります。
落丁乱丁の場合はアルファポリスまでご連絡ください。
送料は小社負担でお取り替えします。

ISBN978-4-434-32063-7 C0093